Über den Autor:

Sandro Hübner, wurde 1991 in Görlitz geboren. Besuchte erfolgreich die Schule und widmete sich mit 10
Jahren Kurzgeschichten, Gedichten und Vorträgen die
sehr umfangreich verfasst waren. Als er 17 Jahre alt
war und sich als Schriftsteller die Zeit, für seinen Ersten
Roman: SAD SONG - Trauriges Lied - nahm, machte
ihm das Schreiben sehr großen Spaß. Sandro Hübner
lebt in Berlin und arbeitet bereits an seinem nächsten
Roman. Er hat mittlerweile Bestseller geschrieben.

Vom Autor bereits erschienen: www.sandrohuebner.de

Für dich Mama, Papa Oma, Opa und Ur-Oma

Alle Geschichten, wenn man sie
bis zum Ende erzählt,
hören mit dem Tode auf.
Wer Ihnen das vorenthält,
ist kein guter Erzähler.

E. Hemingway

SANDRO HÜBNER

DIE LEGENDE DES WOLFSMÄDCHENS

ROMAN

Bibliografische Information der Deutschen Nationalbibliothek:
Die Deutsche Nationalbibliothek verzeichnet diese Publikation in
der Deutschen Nationalbibliografie; detaillierte bibliografische
Daten sind im Internet über http://dnb.dnb.de abrufbar.

TWENTYSIX – Der Self-Publishing-Verlag
Eine Kooperation zwischen der Verlagsgruppe Random House
und BoD – Books on Demand.

© 2020 Sandro Hübner

Herstellung und Verlag:
BoD - Books on Demand, Norderstedt

ISBN: 978-3-7407-6589-7

Inhalt

Kapitel 1

Alles auf Anfang

Es war ein heißer Tag im August. Vielleicht sogar der heißeste Tag des Jahres. Keine einzige Wolke am Himmel und sogar den Fliegen war es zu warm, um aus ihren Verstecken zu schlüpfen. Noch am späten Abend war die siedende Hitze vom Tag zu spüren. Ich hatte mein Fenster weit aufgerissen und lehnte am dunklen Holzrahmen, um die Sterne sehen zu können. Ich weiß noch, wie ich nervös mit den Fingern auf die Fensterbank trommelte.

Ich war damals nicht gerne allein. Je tiefer die Sonne hinter den Bergen versank, desto größer wurden die Schatten an den Wänden. Sie hatten versprochen vor Einbruch der Dunkelheit zurück zu sein. Und jetzt war es schon seit einer halben Stunde stockdunkel. "Wenn irgendetwas ist, du hast ja unsere Mobiltelefonnummer!" hatte meine Mutter gesagt und mir einen Abschiedskuss auf die Stirn gedrückt.

Ganze zehnmal hatte ich schon auf beiden Handys angerufen und immer nur: „The person you've called is temporary not available." gehört. Ich konnte mir mit meinen zarten elf Jahren keinen Reim darauf machen, wieso ich weder meine Mutter noch meinen Vater erreichen konnte. Als mir irgendwann vor Müdigkeit die Augen zufielen, habe ich mich in mein Bett gequält, allerdings nicht ohne im ganzen Haus das Licht anzulassen. Ich habe meinen Eltern schreckliche Vorwürfe gemacht. Ich konnte nicht begreifen, wieso sie ihre Tochter einfach so lange alleine ließen, wo sie doch wussten, wie sehr ich mich in der Dunkelheit fürchtete. Ich habe nicht auf die Uhr gesehen, als mich die Türklingel aus dem Schlaf riss. Erst wollte ich gar nicht aufmachen, weil ich Angst hatte, dass es ein Einbrecher war.

Meine kindliche Naivität ließ die Annahme zu, dass ein Dieb erst klingelte, bevor er irgendwo einbrach. Ich habe bestimmt fünf Minuten hinter der Ecke darauf gewartet, dass der Schatten hinter dem Milchglas der Haustür verschwand, aber er tat es nicht. Irgendwann habe ich mich dazu überwunden die Tür einen kleinen Spalt breit zu öffnen. Ein großer, kräftiger Mann mit einer halbmondförmigen Glatze und treuen, rehbraunen Augen beugte sich vor und lächelte mich traurig an. "Hallo, mein Kind. Bist du Rayil?" fragte er vorsichtig und ich öffnete die Tür ein Stück weiter.

Er kannte meinen Namen, also wusste er vielleicht auch, wo meine Eltern waren. Wir hatten keine Verwandten in der Gegend und auch nicht viele Freunde. Wir waren erst vor einem Jahr von Stanton nach LeMoure gezogen und kannten noch nicht viele aus dieser Gegend. Ich nickte schüchtern. "Kann ich reinkommen, Rayil!? Du musst keine Angst haben." Sein gutes Zureden beruhigte mich nur geringfügig. Ich wollte wissen, wo meine Eltern waren. Ich ging einen Schritt zurück, um den Mann einzulassen.

Es folgte ein zweiter, den ich zuvor gar nicht bemerkt hatte. Sie gingen mit mir in die Küche und ich musste mit aller Gewalt die Tränen zurück halten. *Was wollten die nur von mir?* "Wir sind von der Polizei, Rayil." sagte der zweite, kleinere und jüngere Mann mit ruhiger Stimme. Der erste, absurde Gedanke, der mir in den Kopf schoss war, dass ich etwas ausgefressen hatte, wovon ich nichts wusste. Der ältere Polizist registrierte scheinbar mein erschrockenes Gesicht und legte mir eine Hand auf die Schulter. "Es tut uns schrecklich leid, aber wir müssen dir sagen, dass deine Eltern heute Nacht bei einem Autounfall ums Leben gekommen sind."

Was dann folgte, habe ich um meiner eigenen Sicherheit willen aus meinem Gedächtnis gelöscht. Jedenfalls größtenteils. Das einzige, woran ich mich erinnern kann ist, dass ich erst nur ungläubig den Kopf geschüttelt habe und dann - als der jüngere Polizist mir über die Wange gestreichelt hat - in Tränen ausgebrochen bin. Ich habe eine ganze Woche nur geweint, aber die Gefühle kann ich nicht mehr beschreiben. Es ist wahrscheinlich gut so, denn ich hatte auch später noch genug mit dem Tod meiner Eltern zu kämpfen. Sie brachten mich in einem Heim unter, bis sie meinen einzigen, nahen Verwandten ausmachen konnten.

Mein Großvater Jicat, der in einem Reservat für Crowindianer neben unserer alten Heimatstadt Stanton lebte. Als ich mich nach etwas mehr als drei Wochen soweit beruhigt hatte, dass man wieder einigermaßen normal mit mir umgehen konnte, fuhr mich ein Polizist zum Reservat nördlich von Stanton. Meine Eltern waren mit meinem Großvater im Streit auseinander gegangen, deshalb hatte ich ihn seit mehr als drei Jahren nicht mehr gesehen. Auch im Reservat war ich so lange nicht mehr gewesen. Ich hatte nur noch verschwommene Erinnerungen an den alten Indianer mit dem sanftmütigen Lächeln und an das wunderschöne Gebiet, das die USA nach Besiedlung der Great Plains zum Reservat gemacht hatte. Damals wusste ich nicht genau, worüber sich meine Eltern - vor allem mein Vater - und mein Großvater gestritten hatten. Es war mir auch egal. Ich kam immer gut mit meinem Großvater zurecht, aber es gab auch Einiges, was mich störte. Er war mit Herz und Seele Crow-Indianer und so lebte er auch. Er achtete die Traditionen und Legenden und aus meiner damaligen Sicht vergaß er dabei andere, wichtigere Dinge.

Er lächelte sein sanftes Lächeln, als ich aus dem Polizeiwagen stieg und unsicher auf ihn zukam. Er hatte sich in diesen drei Jahren nicht verändert, soweit ich das beurteilen konnte. Seine langen, grau melierten Haare hatte er im Genick zu einem Pferdeschwanz gebunden. Er trug eine helle Leinenhose und ein braunes Hemd aus Büffelleder. Er kniete sich, als ich bei ihm ankam, damit er mir in die Augen sehen konnte. "Ich bin froh, dass wir wieder zueinander gefunden haben, Rayil." flüsterte er und zog mich vorsichtig in seine Arme. Tränen der Erleichterung liefen mir über die Wangen. Endlich war ich wieder willkommen. Endlich war da jemand, der sich um mich kümmerte. Ich lebte mich schnell im Reservat ein und gewann Freunde.

Einen Jungen, der mit seiner Familie neben uns in einer Lehmhütte wohnte, kannte ich noch von früher. Sein Name war Yumal und er war in meinem Alter. Früher, als wir die wichtigen Feiertage und manche Wochenenden im Reservat verbracht hatten, waren wir oft zusammen gewesen und jetzt nutzten wir die Gelegenheit die Freundschaft aufzufrischen. Doch die Freude über mein neues Zuhause hielt nicht lange. Genauer gesagt nur bis zu der Nacht drei Monate nach dem Tod meiner Eltern, als mein Großvater damit begann, mir die Legenden der Crow näher bringen zu wollen.

Kapitel 2

Legenden

Mein Großvater hatte mich in jener Nacht drei Monate nach dem Tod meiner Eltern zu einem Stammestreffen eingeladen. Jedes Mal bei Vollmond traf sich der Oberste Rat der Crow, um die wichtigsten Ereignisse von Vergangenheit und Zukunft zu besprechen und nach den Lehren ihrer Vorfahren zu analysieren. Die Absicht dieses Treffens aber war, mir - dem in die Moderne entgleisten Indianerkind - zu den Traditionen der Crow zurück zu verhelfen. In der Regel bestand der Rat aus dem Häuptling, dessen Stellvertreter, deren Söhnen, den fünf höchsten (meist ältesten) Stammesmitgliedern und dem Medizinmann. Bei diesem Ratstreffen durften jedoch auch die anderen Stammesmitglieder teilnehmen. Schließlich ging es um meine Eingliederung und das ging alle etwas an.

Jeder Einzelne konnte die Legenden und Mythen auswendig und würde in dieser Nacht dazu beitragen, dass es mir bald genauso ging. Yumal, der übrigens der jüngste Sohn des Häuptlings Waupee war, saß neben mir und lächelte mich unverwandt an. Er freute sich für mich, dass ich ein Teil dieses Stammes werden sollte. Auch sonst schien sich jeder zu freuen.

Jeder, außer mir selbst. Ich war noch lange nicht über den Tod meiner Eltern hinweg und ich wollte jetzt noch keinen Neuanfang. Ich brauchte Zeit, um loszulassen. Doch die wollten sie mir anscheinend nicht geben. "Ich begrüße euch in dieser Nacht zum 11. Treffen des Obersten Rates und freue mich zum ersten Mal unseren Neuankömmling offiziell vorstellen zu dürfen!" sagte

Waupee und während er sprach, bildete sein Atem weiße, kleine Wölkchen.

Es war November und es war kalt geworden. Die tröstenden Sonnenstrahlen brachen immer seltener durch die dichten Wolkendecken. "Rayil, kommst du zu mir?" fuhr er fort. Etwas widerwillig stand ich auf, um mich neben Waupee wieder nieder zu lassen. "Das, Brüder und Schwestern, ist Rayil. Die verlorene Enkelin unseres Mitgliedes Jicat. Es freut mich, dass die Geister sie zu uns geleitet haben. Rayil, ich wünsche dir einen guten Start in dein neues Leben." Kein Wort fiel über den Tod meiner Eltern. Kein Satz zu ihrer Erinnerung. Ich kämpfte gegen die Tränen. "Diese Nacht gehört nur dir, Rayil. Dir und unseren Legenden. Die wichtigsten wirst du heute kennen lernen.

Allesweitere wird dir Jicat im Laufe der Zeit beibringen. Meneva, möchtest du beginnen?" Er wandte sich an einen der fünf Ältesten. Das erkannte ich daran, dass alle Mitglieder des Oberesten Rates den gleichen Talisman um den Hals trugen. Ein Wolfszahn an einer braunen Lederkette. Auf diesem Zahn fand sich ein Muster, das aussah wie der Fuß einer Krähe. "Gerne, Häuptling." Er machte eine Pause und ließ seinen ruhigen Blick langsam über die teilweise interessierten, teilweise abgeklärten Gesichtern der Stammesmitglieder schweifen, die um ein Feuer herum saßen. "Die Geschichte der Crow beginnt zum Ende des 15. Jahrhunderts. Unsere Vorfahren waren lange Zeit mit dem Stamm der Hidatsa verbündet und bezeichneten sich selbst mit diesem Namen. Erst nach einem Streit der beiden Häuptlinge teilte sich der Stamm und wurde zu Hidatsa und Absarokee, wie wir uns auch bezeichnen. Der vorerst harmlose Streit zwischen den Häuptlingen Angeni der Hidatsa und Sinopa der Absarokee artete bald zum Krieg aus und die Stämme bekämpften sich bis aufs Blut. Sie stritten um Jagdbeute, Gebiete und vor Allem um Macht. Als es immer schlimmer wurde und die Absarokee fast die Hälfte ihrer Stammesmitglieder verloren hatten, sandten die Geister Gehilfen, die uns vor den geplanten Übergriffen der Hidatsa warnten. Es waren Krähen. Seit diesem Tag nennt man uns auch Crow. Noch heute sind wir diesen Wesen sehr dankbar.

Nur durch ihre Warnungen konnten sich unsere Vorfahren effektiver gegen die Hidatsa wehren und da beide Stämme bald wieder gleich stark waren, kam es zu einem sehr unsicheren Waffenstillstand. Die Crow waren friedlicher gesinnt. Sie wollten keinen Gebietszuwachs und gingen den Hidatsa aus dem Weg. Der andere Stamm jedoch konnte nicht genug bekommen. Sobald sie dachten, die Crow hätten wieder an Stärke verloren, brach der Kampf erneut aus.

Als wir uns Anfang des 17. Jahrhunderts in den Fluss-Klan und den Berg-Klan aufspalteten wurde es wieder ruhiger, weil wir dadurch Gebiete an die Hidatsa abgaben. Trotzdem ließen sie uns nie ganz in Frieden. Circa 200 Jahre später nahmen die Auseinandersetzungen ein jähes Ende. Die Weißen bevölkerten die Great Plains und viele unserer Vorfahren wurden festgenommen und hingerichtet. Auch der größte Teil des Hidatsa-Stammes wurde so ausgerottet." Obwohl ich nicht zuhören wollte, verstand ich jedes Wort. Und mit jedem Satz wurde meine Verzweiflung größer. Es interessierte mich nicht, wie die Crow entstanden waren und dass sie glaubten, Krähen könnten sie warnen. Ich wollte von alldem einfach nichts wissen. Vielleicht hätte ich sogar Interesse dafür gezeigt, wenn ich nicht immer noch mit dem Tod meiner Eltern haderte. Aber mit diesen Umständen kamen mir die Erzählungen vor wie bedeutungslose Märchen. Ohne Moral von der Geschichte'.

"Danke, Meneva. Jicat, fährst du fort?"

Waupee riss mich aus meinen Gedanken und mein Großvater sah mich an. "Erst 1907 fand die Herrschaft der Weißen über uns ein Ende. Die Legende besagt, dass ein Absarokee-Indianer einen hohen Offizier in einem der Gefangenenlager vor dem Tod bewahrte. Ein Hidatsa-Indianer wollte ihm einen Pfahl in den Rücken stechen, doch der Crow verhinderte es. Am gleichen Abend schlossen die Amerikaner mit den Absarokee-Indianern einen Pakt. Sie durften in einen großen, abgetrennten Teil ihres ehemaligen Gebietes zurück und so leben, wie sie es für richtig hielten. Im Gegensatz dazu sollten die Crow die Weißen beschützen, wenn Gefahr drohte.

Es begann im zweiten Weltkrieg und hält noch heute an. Es ist unsere Pflicht nicht nur unsere indianischen Brüder und Schwestern zu schützen, sondern auch unsere weißen. Die Absarokee veranlassten, dass auch die Hidatsa und die anderen Stämme frei kamen und von da an bekämpfte kein Indianer-Stamm der Great Plains mehr einen anderen. Um unseren Teil des Paktes bestmöglich einhalten zu können, schickten die Geister Neugeborene, die eine ungewöhnliche Fähigkeit besaßen. Sie wurden zu Wölfen und waren so besser in der Lage Feinde abzuwehren. Das, Rayil, ist unser Mythos und den leben wir."

Krähen, die Menschen warnten, Indianer, die zu Wölfen wurden, um andere zu schützen... wie konnte man an sowas glauben? Ich sah zu Yumal, der immer noch lächelte. Scheinbar stolz zu dieser großen Familie zu gehören. Ich war alles andere als stolz. Ich wollte weg von hier. Ich hatte überhaupt nicht das Bedürfnis mich mit den Traditionen der Crow auseinander zu setzen, während ich immer noch um meine Eltern trauerte. Ich nahm mir vor, am nächsten Tag mit Jicat darüber zu sprechen.

Kapitel 3

Die sieben Gebote

Die ganze Nacht dachte ich darüber nach, wie mein Großvater wohl reagieren würde, wenn ich ihm sagte, dass ich nicht nach ihren Legenden leben wollte. Würde er Verständnis zeigen oder versuchen, mich vom Gegenteil zu überzeugen? Ich rechnete mit Letzterem. Er musste mich doch verstehen. Die ganze Situation war völlig neu für mich und nicht gerade einfach. Wie sollte ich innerhalb kürzester Zeit von einem modern denkenden und lebenden Kind zu einem Vollblutindianer werden?

Ich hatte das Gefühl, dass genau das von mir verlangt wurde. Und das behagte mir überhaupt nicht. Ich hätte so gerne mit irgendjemandem über den Tod meiner Eltern gesprochen. Aber Jicat blockte sofort ab, wenn ich davon anfing. Ich sollte bald erfahren, wieso. Als ich am nächsten Morgen mit klopfendem Herzen zu ihm ging, um mit ihm zu sprechen, lächelte er mich sanftmütig an. "Natürlich kannst du mit mir reden, mein Kind. Wie kann ich dir helfen?" Ich setzte mich neben ihn auf den Baumstamm vor unserer Hütte und er legte den Arm um mich. "Ich weiß nicht, wo ich anfangen soll..."

„Keine Sorge, leg einfach los!" "Ich fühle mich hier in letzter Zeit nicht mehr so wohl." Sein Gesichtsausdruck veränderte sich kaum. Wenn überhaupt wurde sein Lächeln nur noch sanfter. "Weißt du, woran das liegt?" "Eure Legenden ..." "Machen sie dir Angst, Rayil?" "Nein ... ich weiß nicht Recht. Ich will mich im Moment nicht damit auseinander setzen." "Sie sind ein ganz wichtiger Bestandteil unseres Lebens. Jeder, der in diesem Stamm lebt, achtet sie." "Aber ich habe überhaupt keinen Bezug dazu." "Für dich sind das alles unwichtige Geschichten, dir wir uns erzählen, wenn uns langweilig ist, was!?" Es klang keinesfalls vorwurfsvoll. "Ehrlich gesagt... ja. Ich glaube nicht daran."

"Du darfst dich nicht von vorne herein vor ihnen verschließen, dann können sie dich gar nicht erreichen." *Und wenn ich nicht will, dass sie mich erreichen?* dachte ich und mir kamen schon wieder die Tränen. Jicat nahm mich fester in den Arm. "Ich vermisse meine Eltern..." sagte ich mich erstickter Stimme.

Mein Großvater seufzte. "Kennst du eigentlich schon unsere sieben Gebote?" fragte er. Sieben Gebote? Ich dachte, so etwas gäbe es nur im Christentum. Ich schüttelte den Kopf, aber eigentlich wollte ich nichts davon wissen. "Das erste Gebot lehrt uns, all unsere Schwestern und Brüder so zu achten, wie wir uns selbst achten. Das zweite Gebot verbietet, vorschnell zu urteilen. Das dritte Gebot lautet: Respektiere deine Umwelt und ihre Geschöpfe. Das vierte Gebot lehrt uns, dass die Luft unsere Mutter, die Erde unser Vater, das Wasser unser Lebenselixier und das Feuer unser Beschützer ist und die Elemente demnach zu behandeln. Das fünfte Gebot fordert uns auf, die Legenden und Traditionen zu achten. Das sechste Gebot lehrt uns, an uns selbst zu glauben und das siebte Gebot, welches ich dir besonders ans Herz lege: Erwähne nicht die Namen der Toten und sprich nicht über sie." Sein letzter Satz war für mich wie ein Schlag ins Gesicht. Ich sollte nicht über meine Eltern sprechen? Wollte er, dass ich sie vergaß? Er sah in meine erschrockenen Augen und nahm meine Hand. "Du bist ihnen viel näher, wenn sie nur in deinem Herzen weiter leben." flüsterte er. "Vermisst du sie gar nicht, Großvater?" fragte ich und meine Stimme bebte. "Oh doch, Rayil. Ich vermisse sie sehr und ich bin sehr traurig darüber, dass mein Sohn vor mir gehen musste, doch ich weiß auch, dass der Tod nicht das Ende bedeutet. Sie leben weiter und wenn wir nur zuhören, so sprechen sie jeden Tag zu uns.

Jede Sekunde deines Lebens sind sie in deiner Gegenwart, auch wenn du sie nicht sehen kannst." Obwohl ich froh war, dass er endlich mit mir über meine Eltern sprach und ich fühlte, dass auch er sie vermisste und mit ihrem Tod kämpfte, wollte und konnte ich das siebte Gebot nicht akzeptieren. Es kam mir vor, als würde ich sie verleugnen, wenn ich nicht mehr über sie sprach. Ihre Namen nicht erwähnte und keinem sagen konnte, wie sehr sie mir fehlten. Musste ich mich in eine Welt drängen lassen, in der ich nicht leben wollte?

Musste ich Dinge tun und sagen, die mir widerstrebten? Warum konnte ich nicht so sein, wie ich sein wollte? "Es tut mir sehr leid, dass dir das alles so schwer fällt, Rayil. Ich wünschte, ich könnte dir helfen." Ich hätte am liebsten gesagt, dass er mir schon helfen würde, wenn er mich einfach mit seinen Märchen in Ruhe lassen würde, aber ich wollte ihn nicht verletzen. Ich resignierte und fand mich damit ab, dass ich in Zukunft eine Person spielen musste, die ich nicht war.

Kapitel 4

Im Falschen Film

Das siebte Gebot, das mein Großvater mir an diesem Tag beigebracht hatte, machte mir lange Zeit zu schaffen. Ich wollte über meinen Verlust nicht schweigen. Ich wollte mit jemandem darüber sprechen, erfahren, dass man mich verstand. Aber jeder - nicht nur Jicat - wechselte sofort das Thema, wenn wir irgendwie auf meine Eltern zu sprechen kamen. Sogar Yumal, von dem ich mir Verständnis erhoffte, weil er in der Regel sehr gut in der Lage war, sich in andere hinein zu versetzen, legte nur den Finger auf die Lippen, als ich davon anfing.

"Warum willst du unsere Gebote nicht achten, Rayil?" Es war das erste Mal, dass mir das zum Vorwurf gemacht wurde. Yumal sah plötzlich nicht mehr verständnisvoll und sanft aus, als er das zu mir sagte, sondern verärgert. Ich hatte plötzlich das Gefühl, es säße ein anderer Junge vor mir und nicht mein bester Freund. Ich brauchte Zeit, um ihm zu antworten. "Was habe ich denn davon?" Meine Stimme zitterte, ich war so enttäuscht von ihm. "Kannst du uns nicht vertrauen? Du bist in die Welt der Indianer geboren worden, du gehörst hier her.

Also... warum schließt du dich uns nicht an. Sind wir dir nicht gut genug?" Die Tränen verwischten die Bilder vor meinen Augen. Glaubte er wirklich, dass ich mich für etwas Besseres hielt? "Mich hat niemand gefragt, ob ich in dieser Welt leben will, Yumal!" Er schüttelte den Kopf und schnaubte durch die Zähne. "Weil es vorbestimmt war. Du bist eine von uns. Wieso verhältst du dich nicht so?" Es hatte keinen Sinn. Hier würde mich nie irgendjemand verstehen. "Ich kann es nicht mit mir vereinbaren. Eure ganzen Gebote, die Legenden... das ist für mich leeres Gerede." Ich bereute es schon, als ich es noch nicht mal zu Ende gesprochen hatte. Yumal sah aus, als hätte ich ihm ins Gesicht geschlagen. "Du hast Recht, Rayil. Du gehörst hier nicht her." Als er das sagte, wirkte er wie ein alter Mann. Nicht wie ein 12-jähriger Junge. Die Legenden füllten sein Leben aus. Alles, wonach er handelte und woran er dachte, alles war wie in einem Netz damit verbunden.

An diesem Tag endete meine Freundschaft zu Yumal. Wenn wir uns begegneten, vermieden wir es, uns in die Augen zu sehen. Die Enttäuschung war auf beiden Seiten einfach zu groß. Es trennte uns zu viel.

Es folgte eine Zeit, in der ich glaubte, dass ich nie wieder lachen könne. Niemand, wirklich niemand stand auf meiner Seite. Im Reservat hatte es sich herum gesprochen, dass ich mich mit Händen und Füßen dagegen weigerte, aktiv am Leben der Crow teilzunehmen und so behandelten mich viele auch. Sie ignorierten mich beständig. Es konnte niemand nachvollziehen, wieso ich mich so sträubte.

Es vergingen Monate, in denen ich mehr vor mich hinvegetierte, als wirklich lebte. Mein Großvater gab sich alle Mühe und zerbrach fast an der Aufgabe, mir mein Lächeln wiederzugeben. Er hatte keine Chance, denn ich verschloss mich mit jedem Tag mehr. Mit jeder Stunde wurde mein Gefühl stärker, dass es falsch war, hier zu sein. Yumal hatte Recht. Ich gehörte nicht hier her. Die Trauer um meine Eltern ließ nicht nach, noch nicht mal ein klein wenig. Im Gegenteil. Sie wurde stärker. Die Sehnsucht nach ihnen wurde immer größer und dabei verblassten die Bilder von ihren lachenden Gesichtern. Ich lebte weiterhin nach meinen Regeln. Wenn sich der Stamm traf, um Traditionen zu feiern, verkroch ich mich in einem nahegelegenen Waldstück, wo ich eine kleine Hütte gefunden hatte oder besuchte das Grab meiner Eltern. Ich wusste noch nicht einmal mehr, wie sich ihre Stimmen angehört hatten.

An meinem dreizehnten Geburtstag bat Jicat um ein Gespräch mit mir. "Ich weiß, dass du nichts davon wissen willst und ich weiß, dass du daran nicht glauben kannst, aber ich verletze meine Pflicht als dein Erziehungsberechtigter hier im Reservat, wenn ich dich nicht davon in Kenntnis setze." Was kam denn jetzt schon wieder? Er hatte doch bereits gesagt, dass ich davon nichts wissen wollte. Warum erzählte er es mir trotzdem? "Kannst du dich noch an die Nacht vor zwei Jahren erinnern, als wir dir unsere Legenden erzählten?" Ich konnte mich sehr gut daran erinnern, auch wenn ich es lieber vergessen hätte. Widerwillig nickte ich. "Weißt du auch noch, dass sich einige wenige Auserwählte unserer Vorfahren in Wölfe verwandeln konnten, um ihre Mitmenschen zu schützen?"

Ach, dieses Märchen. Vielleicht hätte ich es tatsächlich interessant gefunden. dass Menschen an so etwas glauben konnten, aber dafür war ich viel zu enttäuscht von meiner gesamten Lebenssituation. "Ich möchte nur, dass du nicht in Panik ausbrichst, wenn es irgendwann so weit sein sollte." Ich verstand kein Wort. Was sollte so weit sein?

Und warum in Panik ausbrechen? Jicat erkannte meinen verwirrten Gesichtsausdruck. "Ist dir eigentlich klar, was dein Name übersetzt bedeutet?" fragte er schließlich. Er hatte es mir irgendwann einmal gesagt, aber das war Ewigkeiten her. Als meine Eltern noch lebten und sich noch mit meinem Großvater verstanden. "Rayil bedeutet Wolfsblut." Ich verstand immer noch nicht, worauf er hinauswollte. Ich wusste, dass mein Name indianischer Herkunft war, aber es hatte mich nie interessiert, was er eigentlich bedeutete.

"Das könnte ein Hinweis sein." Ich hätte viel dafür gegeben, dass er endlich aufhörte, in Rätseln zu sprechen. "Ich verstehe nicht, Großvater." Er lächelte mich an und legte eine Hand auf meinen Arm. "Es ist möglich, dass du eine der Auserwählten dieser Generation bist." Plötzlich fiel es mir wie Schuppen von den Augen. Er glaubte tatsächlich, dass ich mich in einen Wolf verwandeln konnte? Wenn mir nicht so schrecklich zu Mute gewesen wäre, hätte ich vielleicht wirklich darüber gelacht. Ich riss mich los und sprang auf. "Könnt ihr nicht endlich aufhören mit eurem Gefasel? Ich will verdammt noch mal nichts davon hören!" schrie ich ihn an und rannte davon. Ich verbrachte eine Woche lang ohne Essen in der kleinen Hütte im Wald. Ich weiß nicht, ob sie nach mir suchten, aber es war mir auch egal. Nach Ablauf dieser Woche und am Ende meiner Kräfte traf ich schließlich eine Entscheidung. Ich wollte nie wieder in dieses Reservat zurück kehren.

Kapitel 5

Abschied

Viele Möglichkeiten das Reservat zu verlassen, hatte ich nicht. Ich war gerade mal dreizehn. Also noch lange nicht volljährig. Wenn ich einfach davon lief, würde ich Jicat große Sorgen bereiten und das wollte ich trotz allem nicht. Er konnte schließlich nichts dafür. Er war mit dieser Lebensweise aufgewachsen, er kannte es nicht anders und er fand darin seine Erfüllung. Dass seine einzige Enkelin anders war, machte ihn vermutlich genau so traurig, wie die Tatsache, dass er ihr kein Zuhause bieten konnte, in dem sie sich wohl fühlte.

Ich nahm also den letzten Ausweg, der mir blieb. Ich entschied mich freiwillig, in ein Heim zu gehen. Auch wenn ich schreckliche Angst davor hatte, war ich der festen Überzeugung, dass es mir dort besser gehen würde, weil ich mich nicht mehr mit einer Lebensweise auseinander setzen musste, die mir so gar nicht behagte. Ich kehrte also nach einer Woche zu meinem Großvater zurück, allerdings nur, um ihm meinen Entschluss mitzuteilen. Als ich völlig kraftlos auf ihn zuwankte, brach er in Tränen aus und drückte mich fest an sich. "Rayil... ich hatte solche Angst um dich. Wo warst du nur?" Ich hatte ihn noch nie so aufgelöst gesehen.

Er wirkte immer so stark, so unbesiegbar. Ich hatte ein schlechtes Gewissen, weil ich ihm solche Sorgen bereitet hatte, aber an meiner Entscheidung wollte ich nichts mehr ändern. Ich versuchte ihm schonend beizubringen, dass ich ihn und das Reservat verlassen wollte. Als ich es hinter mich gebracht hatte, nickte er nur. "Ich habe gespürt, dass es so kommen würde. Ich bin sehr traurig darüber, mein Kind. Aber ich will nicht, dass du unglücklich bist. Eines jedoch solltest du wissen. Du bist hier immer willkommen." Genau das hatte sich aber in letzter Zeit ganz anders angefühlt. Bei Jicat war ich willkommen, zweifellos. Aber im Reservat allgemein? Wohl kaum. Mein Großvater regelte die Behördengänge und Telefonate mit den zuständigen Ämtern. Vierzehn Tage später stand eine brünette, junge Frau in Jeans und T-Shirt vor unserer Lehmhütte und lächelte mich freundlich an.

"Bist du Rayil? Ich bin Lisa und ich arbeite in dem Kinder- und Jugenddorf, das ab heute dein Zuhause sein wird." Sie begrüßte auch Jicat, der hinter mir in der Tür stand und meinen kleinen Koffer fest umklammerte. Ich wusste, dass er mich nicht gehen lassen wollte, aber er respektierte meinen Entschluss und das rechnete ich ihm hoch an. Sehr hoch.

"Kein Sorge, wir passen gut auf sie auf." sagte Lisa zu Jicat und nahm mich an der Hand. Einige wenige Stammesmitglieder waren gekommen, um mich zu verabschieden. Ich erkannte Yumal am anderen Ende des Platzes und verspürte einen schmerzhaften Stich. Sein Blick war traurig und vorwurfsvoll zugleich. Was hätte ich dafür gegeben, ihm sagen zu können, wie leid es mir tat. Aber ich konnte nicht. Ich litt sehr darunter, dass wir im Streit auseinander gingen, aber es war nun mal so gekommen und daran würde ich nichts mehr ändern können.

Es war ein schreckliches Gefühl, als ich zu Lisa ins Auto stieg und Jicat da stehen sah. Sein Ausdruck war lange nicht mehr so kraftvoll, wie noch vor zwei Jahren. Er hatte eine leicht gebückte Haltung, als wäre ihm die Last zu schwer geworden, die er zu tragen hatte und seine dunklen Augen, die in der Sonne golden leuchteten, hatten ihren atemberaubenden Glanz verloren. Ich wusste, dass ich Schuld an dieser Veränderung war und ich hoffte inständig, dass er es irgendwann überwinden konnte.

Das Gebäude, welches das Kinderheim beherbergte war alt, aber es sah freundlich und einladend aus. "So, da sind wir." sagte Lisa, als wir nach einer halben Stunde Fahrt an meinem neuen Zuhause ankamen. Wir betraten das große Backsteingebäude und vor uns breitete sich ein scheinbar endloser Flur aus. "Hier unten sind die Klassen- und Gemeinschaftssäle. Es kommen auch Kinder von außerhalb in diese Schule. Oben sind die Zimmer. Je zwei Mädchen oder zwei Jungs in einem Raum. Im Moment ist gerade Unterricht. Ich bring dich zu deiner Klasse!" Ich war ziemlich nervös, als Lisa mich in einen der Räume schickte und ich mich vor circa 20 neugierigen Augenpaaren wieder fand. Mein Klassenlehrer stellte mich vor und wies mir einen Platz zu. Mein neues Leben konnte beginnen...

Kapitel 6

Zwischen zwei Welten

Ich hatte Schwierigkeiten im Unterricht mitzukommen. Ich war zwar auch im Reservat zur Schule gegangen, aber das war etwas anderes. Es wurde auf völlig unterschiedliche Themenbereiche Wert gelegt und andere Schwerpunkte gesetzt. Während ich im Reservat gelernt hatte, wie der Großteil der Pflanzen- und Tierwelt genannt wird und wie sie aufeinander abgestimmt sind, musste ich mich hier auf das kleine Einmaleins und amerikanische Grammatik konzentrieren.

Es dauerte eine Weile bis ich mich daran gewöhnt hatte und meine Noten wieder einigermaßen akzeptabel wurden. Ob ich es mir nun eingestehen wollte oder nicht: Die zwei Jahre im Reservat hatten mich geprägt. Ob positiv oder negativ liegt im Auge des Betrachters. Ich hatte gelernt meine Gefühlswelt vollkommen vor meiner Umgebung zu verbergen und eine schützende Mauer um mich herum aufzubauen. Aber gleichzeitig hatte ich vergessen, wie ich selbst war.

Ich hatte zwei Jahre lang eine Rolle gespielt, aus Angst ich könne mich ungewollt auf die Crow und deren Leben einlassen. Jetzt konnte ich diese Rolle nicht mehr spielen, sie passte nicht in diese Welt. Hier wurde genau das Gegenteil von mir verlangt, wie im Reservat. Ich sollte reden. All meine Probleme und meine Sorgen sollte ich meinen Lehrern und Betreuern eröffnen. Doch ich konnte es nicht mehr. Das, was ich mir so lange gewünscht hatte, erschien mir plötzlich fremd. Ich konnte mir nicht mehr vorstellen, mit einem der Leute aus dem Heim über den Tod meiner Eltern zu sprechen und deshalb verschloss ich mich zusehends. Ich hatte immer schnell Freunde gefunden und mich leicht irgendwo integrieren können, aber das war vorbei. Ich lebte mich zwar im Heim ein, fand aber keine Freunde. Noch nicht mal mit meiner Zimmerkameradin kam ich zurecht.

Wie die meisten anderen wollte sie nichts mit mir zu tun haben, weil ich so anders wirkte. Kaum zu glauben, aber ich hatte auch Dinge aus dem Reservat beibehalten. Ich trug indianische Kleidung, achtete die Natur und ihre Geschöpfe mehr als alles andere und verweigerte jegliche chemische Medizin, wenn ich krank war. Außerdem sah ich aus wie eine Indianerin. Meine dunklen, langen Haare hatte ich fast immer zu einem Zopf gebunden und meine rostbraune Haut war alles andere als amerikanisch oder europäisch.

Nur meine meerblauen Augen verrieten die Herkunft meiner Mutter. Das behagte den anderen Kindern nicht. Ich war ungewöhnlich, unnormal. Und damit jemand, dem man besser aus dem Weg ging. Ich wollte und konnte mich nicht wieder mit vollem Herzen auf die moderne Welt einlassen. Dafür hing ein Teil von mir noch viel zu stark am Reservat und den Crow. Auch wenn ich froh war, den Traditionen und den abweisenden Blicken mancher Stammesmitglieder entkommen zu sein, so machte mir die neue Situation Angst.

Das Heim lag mitten in der Stadt und ich hasste die befahrenen Straßen und die stinkenden Gassen seit ich das Leben im Reservat kennen gelernt hatte. Außerdem vermisste ich die Herzlichkeit meines Großvaters und die der Anderen, als sie mich noch nicht für einen unbelehrbaren Eindringling hielten. Das Heimpersonal war nett und hatte immer ein offenes Ohr, aber ich hatte das Gefühl, dass das ihr Job und nicht ihre Berufung war. Das, was von den anderen Heim- und Schulkindern anfangs nur Unverständnis war, wurde nach etwa einem halben Jahr zu Abweisung und Belustigung. Sie machten sich einen Spaß daraus auf dem Schulhof meine Hausarbeiten und Tests anzuzünden und um das kleine Feuer herumzulaufen, als würden sie einen Regentanz aufführen.

Verglichen mit anderen Streichen war das noch harmlos. Sie stahlen meine Sachen, um sie dann auf dem Schuldach zu deponieren, hängten tote Tiere über mein Bett oder zitierten Sprüche aus meinen indianischen Büchern an der Tafel, um sich vor Allen darüber lustig zu machen. Die Betreuer waren ratlos, sie wiesen sie zwar zurecht, aber einen großen Effekt hatte das Ganze nicht. Ein Jahr war vergangen, als die Prozedur ihren Höhepunkt fand. Ich hatte gerade ein Telefonat mit Jicat beendet, dem ich seit geraumer Zeit immer wieder deutlich machen musste, wie gut es mir ging, und spazierte über den Hof.

Es dämmerte bereits und das Licht der untergehenden Sonne zog einen roten Streifen am Horizont. Es war Spätsommer und die Nächte wurden kalt. Ich zog meine dünne Leinenweste enger um den Körper. Es war vollkommen ruhig. Deshalb zuckte ich auch heftig zusammen, als der Schrei einer Krähe die Stille durchbrach. Als ich dem Geräusch mit meinem Blick folgte, erkannte ich mindestens zehn Raben, die auf dem Dachgiebel saßen und mich mit ihren kalten, schwarzen Augen anstarrten. Ich hatte plötzlich ein ungutes Gefühl und sah mich hektisch um. Als ich mich mit dem Rücken zur Wand drehte, um über den Hof sehen zu können, packte mich jemand von hinten und zog mich mit sich. Ich wollte um Hilfe rufen, doch man hielt mir den Mund zu. Mein Puls raste. Was ging hier vor sich? Dann kamen weitere Personen von den Seiten und ich erkannte einige meiner Mitschüler, aber auch Jugendliche, die älter waren, als ich. "Na, Indianerkind? Was sagen die Geister heute?" fragte ein Junge, von dem ich glaubte, dass er Rick hieß.

Er ergriff mich am Arm und zog mich zu einem aufgestellten Balken, der an einer Mauer lehnte. Die Hand vor meinem Mund verschwand. "Ich warne dich, ich will keinen Ton hören!" drohte Rick und begann damit mich mit dünnen Kordeln an dem Balken zu fesseln. Die Gruppe brach in schallendes Gelächter aus, als ich am ganzen Körper zugeschnürt da stand und mit aller Kraft die Tränen im Zaum hielt. "Unser Indianerkind steht am Marterpfahl." Rick konnte sich kaum halten vor Lachen. Sie betrachteten mich noch eine Weile belustigt, klebten mir dann Isolierband über die Lippen und verschwanden. Eines war mir klar. Hier würde mich vor dem nächsten Morgen niemand finden. Die Seile schnitten in die Haut an meinen Armen und die Kälte kroch mir die Glieder hoch.

Jetzt konnte ich meine Tränen nicht mehr zurückhalten. Die Krähen schrien wieder und es kam mir vor, als wollten sie mich auch noch verpönen. Irgendwann wurde mir schwarz vor Augen. Ich weiß nicht, ob ich eingeschlafen bin oder bewusstlos wurde. Jedenfalls war ich nicht mehr festgebunden, als ich auf dem kalten Asphalt vor der Mauer aufwachte. Die Seile lagen zerrissen neben mir. Wer hatte sie geöffnet und mich dann liegen gelassen? Ich konnte mir keinen Reim darauf machen. Als die Betreuer mich nach den Druckstellen an meinen Armen fragten, sagte ich, ich sei ausgerutscht. Vielleicht war ich zu feige die Wahrheit zu sagen, aber vielleicht hatte ich auch einfach keine Kraft mehr, mich immer und immer wieder behaupten zu müssen. Allmählich bekam ich das Gefühl, dass ich auch in diese Welt nicht hineingehörte. Aber wohin dann? Doch egal wie schwer mir der Start auch fiel, ich wollte nicht zurück.

Ich wollte keine Geschichten über Krähen und Wölfe und zerstrittene Stämme mehr hören und mich vor allem nicht mehr damit auseinander setzen müssen. Ich hatte bereits gelernt, eine Rolle zu spielen. Das würde ich auch hier können.

Kapitel 7

Wie Schwestern

Im darauf folgenden Jahr zog ich mich immer mehr zurück. Ich spielte meine Rolle vom zurückhaltenden Indianerkind, aber ich hatte das Gefühl, dass ich nie wieder zu mir finden würde. Rick und sein Gefolge gingen noch ein paar Mal auf mich los, bis es ihnen schließlich zu langweilig wurde und sie sich neue Opfer suchten. Ich hatte mich noch nie so schwach gefühlt, so hilflos. Wenn ich mit Jicat telefonierte, gab ich vor, dass es mir gut ging und ich mich wohl fühlte. Er war der festen Überzeugung, dass ich viele Freunde hatte und endlich meinen Platz in dieser Welt finden konnte. Jedenfalls ging ich davon aus, dass er das glaubte.

Es war kurz vor meinem fünfzehnten Geburtstag als meine Zimmerkameradin das Heim verließ und ein neues Mädchen hier unterkam. Da ich es in der Vergangenheit damit immer am besten gehalten hatte, ignorierte ich sie. Ich hatte oft genug am eigenen Leib erfahren, wie Weiße mit Indianern umgehen konnten. Ich wollte es diesmal erst gar nicht so weit kommen lassen. Obwohl die zierliche Blondine mit den grasgrünen Augen mir leid tat, weil sie augenscheinlich auch keinen Anschluss fand und ziemlich mit dem Tod ihrer Großmutter zu kämpfen hatte, bei der sie lebte, wollte ich nicht auf sie zugehen, um sie zu fragen, wie sie hieß, was sie machte und so weiter.

Doch eines fiel mir von Anfang an auf. Sie betrachtete mich nicht wie eine Aussätzige. Im Gegensatz zu den Anderen schien sie sich überhaupt nicht daran zu stören, dass ich "anders" war. Langsam begann ich mit dem Gedanken zu spielen, sie tatsächlich anzusprechen. So weit kam es jedoch erst mal nicht. Wir sollten auf einem anderen Weg zueinander finden. Ich machte gerade meinen allabendlichen Spaziergang über den weitläufigen Hof mit den kräftigen Eichen, als ich ein Wimmern hörte.

Ich folgte dem Geräusch und der Anblick der sich mir bot, kam mir vor wie ein Déjà-vu. Nur aus einem anderen Blickwinkel. Rick stand mit einigen Freunden um jemanden herum, den ich nicht erkennen konnte. Ich bemerkte 0an Ricks Körperhaltung, dass er mal wieder irgendein hilfloses Heimkind erpresste. Der Schrei einer Krähe riss mich aus meiner Starre und gleichzeitig schien es mir, als riss er mich aus einem jahrelangen Schlaf. Was war nur aus mir geworden? Ich hatte mich die ganze Zeit von Rick zur Marionette machen lassen, hatte es die ganze Zeit einfach geschluckt, wenn die Anderen sich über mich lustig machten.

Damit war jetzt Schluss. Ich wollte wieder leben. Ich wollte wieder ich selbst sein. Mit sicheren Schritten - so ganz anders als noch vor wenigen Minuten - ging ich auf die Gruppe zu und schob zwei von Ricks Freunden auseinander, sodass ich freie Sicht auf die umzingelte Person hatte. Es war meine neue Zimmerkameradin, von der ich noch nicht mal den Namen wusste. "Was willst *du* denn jetzt?" fragte Rick genervt. "Lasst sie in Ruhe." Ich hatte meine Stimme seit Ewigkeiten nicht mehr so sicher gehört. Ricks Grinsen widerte mich an. "So kennen wir dich ja gar nicht.

Ich wusste nicht, dass das Indianerkind überhaupt sprechen kann." Ich machte einen Schritt zur Seite und stand direkt vor dem Mädchen, das am ganzen Körper zitterte. Rick warf den anderen einen vielsagenden Blick zu. "Willst du dich auf-spielen, Rothaut?" Ich ballte die Hände zu Fäusten. Ich hatte schon gar nicht mehr gewusst, wie sich Wut anfühlte. Es war ein gutes Gefühl. Ich spürte, wie das Blut durch meine Adern rauschte und mir in die Wangen schoss. Ich spürte, dass ich lebte. "Lass uns endlich in Ruhe, Rick."

Ich betonte jede Silbe. Er grinste immer noch. Das Ganze amüsierte ihn aufs Äußerste. "Fühlst du dich stark, wenn du mit fünf Leuten auf eine Jüngere losgehst? Das wollte ich schon immer wissen. Was empfindest du, wenn du einen Schwächeren in die Knie zwingst?" Allmählich verschwand sein Grinsen und ich hatte das Gefühl, eine Kleinigkeit bewirkt zu haben. Rick dachte das erste Mal darüber nach. "Du kannst mich jetzt schlagen, Rick. Du kannst mich auch wieder an einem Balken festbinden oder mit einem toten Tier vor meinem Gesicht rumwedeln, aber eines, eines kannst du mir nicht mehr nehmen, Rick.

Wenn du dich nur stark fühlst, wenn du Gewalt anwenden kannst, dann bist du für mich ein kleines, hilfloses Kind und mehr nicht." Ich hatte keine Ahnung, wie ich auf diese Worte kam und vor allem wusste ich nicht, woher ich den Mut nahm, sie auszusprechen. Ich fühlte mich immer noch ausgeliefert, aber das hatte plötzlich etwas weitaus weniger Erschreckendes als noch vor einem Jahr. Ricks Augen funkelten vor Zorn. Es passte ihm nicht, wie ich mit ihm sprach. Er holte aus und ich war mir sicher, dass er zuschlagen würde. Aber er hielt inne und ließ die Faust wieder sinken. "Geht mir in Zukunft einfach aus dem Weg." knurrte er und verschwand mit seinem Gefolge in der Dunkelheit. Das Mädchen wischte sich die Tränen aus dem Gesicht. "Ist alles okay?" fragte ich sie vorsichtig. Sie nickte. "Lass uns rein gehen. Komm schon..." forderte ich sie auf und sie folgte mir ins Haus. "Ich bin übrigens Rayil. Tut mir Leid, dass ich mich nicht vorgestellt habe." Ich hielt ihr die Hand hin und sie nahm sie entgegen. "Ich bin Sarah. Danke, dass du eben dazwischen gegangen bist." Ich lächelte. Das erste Lächeln, seit zwei Jahren. "Schon gut. Sie haben mich lange genug terrorisiert. Damit muss jetzt endlich Schluss ein." "Stammst du von Indianern ab?" fragte sie plötzlich und ich befürchtete schon, dass sie damit jetzt auch noch ein Problem hatte. "Mein Großvater ist Indianer." sagte ich wahrheitsgemäß. "Wow, ich wollte schon immer mal einen Indianer kennen lernen."

Ich war wirklich erstaunt über ihre Antwort. Diese Sicht der Dinge hatte ich von meinem Standpunkt aus von einem Weißen nicht erwartet. "Freu dich nicht zu früh, mein Blut ist indianisch, aber mein Herz schlägt nur bedingt für diese Welt." Sie setzte sich auf ihr Bett und zog sich die Decke bis zum Kinn. "Ich will alles wissen. Erzählst du's mir?" Ihre Augen leuchteten vor Neugier. Ich war immer noch völlig perplex wegen der Tatsache, dass sich jemand für mich interessierte, aber ich freute mich auch darüber. Das hatte mir in den letzten zwei Jahren gefehlt. Ich erzählte ihr meine Geschichte in allen Einzelheiten und sie erzählte mir ihre. Ihren Vater kannte sie nicht. Ihre Mutter war früh verstorben und danach war sie bei ihrer Großmutter aufgewachsen. Eben diese hatte sie auch den Indianern näher gebracht, denn sie hatte ihr immer

aus den Büchern von indianischen Weisen vorge-
lesen.

Als ihre Großmutter vor einigen Wochen einem
Herzinfarkt erlag, blieb nur noch das Heim. Sarah
hatte nie viele Freunde gehabt, weil sie sehr zurückhaltend wirkte und an Dinge glaubte, die andere für puren Unsinn hielten. Sie sagte, dass es von
den Geistern vorbestimmt war, dass wir uns trafen.
Zwei Mädchen auf der gleichen Ebene, beide ein-
sam, beide von den Anderen verstoßen. Damals
glaubte ich natürlich nicht daran. Für mich war es
ein Zufall, dass sich unsere Wege getroffen hatten. Aber ich war froh um diesen Zufall. In den
folgenden Monaten lernten wir uns besser kennen,
vielleicht sogar besser als uns selbst.

Der Begriff Seelenverwandtschaft nahm für
mich Gestalt an. Sarah entwickelte sich zum wichtigsten Menschen in meinem Leben. Ihr gelang
das, was bisher niemand fertig gebracht hatte. Sie
verstand.

Kapitel 8

Zweifel

I ch konnte mit Sarah über alles sprechen. Ich wusste, dass sie immer eine Lösung wusste. Ich war dankbar, sie gefunden zu haben und auf ihrer Seite war es nicht anders. Wir verteidigten uns gemeinsam gegen die Sprüche und kleinen Übergriffe der anderen Heimkinder und fanden in uns den Trost, der uns so lange verwehrt wurde. Doch trotz aller Gemeinsamkeiten, ein Unterschied bestand von Anfang an. Und viele werden denken, ein Unterschied wie Tag und Nacht. Sarah war fasziniert von den Legenden und Traditionen der Indianer und seit sie meine Bücher gelesen hatte besonders von denen der Crow.

Ich aber war immer noch keinen Millimeter von meinem Standpunkt abgewichen, dass das alles reiner Aberglaube war. Ich ließ Sarah ihren Glauben und sie ließ mir meinen. "Ich kann verstehen, wenn du nicht daran glauben willst, auch wenn ich es schade finde, dass daran eure Familie zerbrochen ist." sagte sie während einer Diskussion über dieses Thema. "Es tut mir Leid, dass ich meinen Großvater so enttäuscht habe, aber für seine Geschichten hatte ich einfach kein Ohr."

"Du hattest kein Ohr dafür?" Sarah hatte mir ihrer Betonung auf die Vergangenheit einen wunden Punkt getroffen. Inzwischen hatte ich gelernt richtig mit dem Tod meiner Eltern umzugehen. Natürlich fehlten sie mir und natürlich machte es mir sehr zu schaffen, dass die Erinnerungen an sie immer stärker verblassten, aber ich mich damit abgefunden und hielt die Bilder von der Zeit, als sie noch bei mir waren, mit aller Kraft wach, um ihren Tod zu verdrängen. Ich hatte mir in letzter Zeit oft Gedanken darüber gemacht, ob ich nicht doch gut daran tun würde, zurück ins Reservat zu gehen. Zu meinen Wurzeln. Aber das hieß, dass ich mich nun endgültig mit den Crow auseinander setzen musste und ich wusste nicht, ob ich bereit dafür war. "Du hast eine Familie, warum wirfst du das weg?" Sarah sagte das nicht vorwurfsvoll. Sie wollte eine ehrliche Antwort. "Weil ich das Gefühl hatte, dass ich nicht ich selbst sein kann. Dass sie von mir etwas erwarten, was ich ihnen nicht geben kann. Wie soll ich mich auf ihre Traditionen einlassen, wenn es mir widersagt daran zu glauben, dass Menschen sich in Wölfe verwandeln und Krähen vor Gefahren warnen?" Sie nickte verständnisvoll.

"Ich verstehe nur nicht, warum du dich so dermaßen dagegen wehrst." Ich verstand es ja selbst nicht wirklich. "Mein Vater war von Anfang an dagegen, dass Jicat mir von den Legenden erzählte. Worüber genau sie sich gestritten haben, als ihre Beziehung irgendwann ganz auseinander brach, weiß ich nicht. Aber ich denke, es hing damit zusammen. Ich bin einfach der Meinung, dass es im Leben wichtigere Dinge gibt." Das war die einzige Antwort, die ich auf diese Frage finden konnte. Ich hatte mich am Glauben meines Vaters orientiert. Obwohl ich nie damit gerechnet hatte, kam es tatsächlich dazu, dass ich an meiner Entscheidung, das Reservat zu verlassen, zweifelte. Ich fühlte mich dank Sarah jetzt zwar einigermaßen wohl hier, aber dennoch war da das Wissen, dass ich eigentlich ein Zuhause hatte. "Geh zurück, Rayil. Du wirst dich schon zurecht finden." Sie sah traurig aus, als sie das sagte und der Gedanke daran, sie zu verlassen, machte mir Angst. "Nein, ich lass dich hier nicht allein." "Ach, Rayil, du solltest dein Leben nicht wegen mir wegwerfen. Wir können uns doch trotzdem sehen!"

"Ich will aber nicht zurück. Ich weiß, dass es nicht gut gehen würde." In Wahrheit war ich mir dessen gar nicht so sicher, aber ich konnte mir auch nicht vorstellen, erneut von vorne anzufangen. Ich las die Bücher über die Crow, die Jicat mir mitgegeben hatte, allesamt fünf Mal. Doch egal wie sehr ich mir das Gegenteil wünschte, die Legenden blieben Märchen. Es folgte eine Zeit, in der ich den Großteil des Tages damit verbrachte, mich mit den Legenden auseinander zu setzen und darüber nachzudenken, ob ich nun zurückkehren sollte oder nicht. Dass ein Brief von Jicat mir diese Entscheidung abnehmen würde, konnte ich nicht ahnen.

Ich bekam ihn an meinem 16. Geburtstag. Vorher hatte ich längere Zeit nichts von meinem Großvater gehört. Gespannt öffnete ich den Umschlag und las die Zeilen aus schwarzer Tinte auf gelbem Papier:

„Meine liebe Rayil. Hiermit möchte ich dir ganz herzlich zum 16. Geburtstag gratulieren. Ich hoffe, du verbringst einen schönen Tag. Aber ich schreibe dir auch aus einem anderen Grund. Ich weiß, dass du das nicht lesen willst, aber ich will, dass du Bescheid weißt, falls es soweit kommen sollte. Du trittst mit deinen 16 Jahren in das Erwachsenenalter einer Indianerin ein und damit bist du bereit für die Gabe. Ich schreibe dir das deshalb und gehe deshalb ein zweites Mal darauf ein, weil es mir mit jeder

Minute, in der ich darüber nachdenke, wahr-scheinlicher vorkommt. Es spricht so viel da-für, dass du zu den Auserwählten gehörst. Ich hatte Visionen von einer silbergrauen Wölfin mit strahlend gelben Augen, deren Ausdruck deinem so stark ähnelte, dass es nicht zu über-sehen war. Und was ich dir bisher verschwie-gen habe: dein Vater, er war ebenfalls Auser-wählter, genau wie deine Tante, die du nie ken-nen lernen durftest. Sie hat an der Seite deines Vaters für den Pakt gekämpft und ist dabei ums Leben gekommen. Dein Vater konnte das nie verzeihen. Er hat den Pakt und damit die Crow dafür verantwortlich gemacht und ist aus dem Stamm ausgetreten. Als ich ihm vor ein paar Jahren versucht habe, klar zu machen, dass es gut möglich ist, dass du ebenfalls auserwählt bist, hat er den Kontakt zu uns endgültig abge-brochen. Es war für ihn eine schreckliche Vor-stellung, dass dir das gleiche Schicksal wider-fahren könnte, wie seiner Schwester. Aber wir können nicht dagegen ankämpfen. Auch dein Vater konnte es nicht. Kannst du dich daran erinnern, dass er oft über Wochen nicht nach Hause kam? In dieser Zeit konnte er die Ver-wandlung nicht aufhalten und hat sich im Wald versteckt. So lange bis es aufhörte und er wieder der sein konnte, den er sein wollte. Doch so einfach ist es nicht. Die Auserwähl-ten haben eine Verantwortung. Eine Aufgabe. Und daran ist nichts Schlechtes. Natürlich ist es nicht ungefährlich und ich leide mindes-tens genauso darunter wie dein Vater, dass diese Verantwortung meine Tochter das Leben *kostete. Aber ich weiß, dass es so sein sollte. Seine Tante hat viele Menschenleben retten können, bevor sie starb. Ich bin sehr stolz auf sie und das bin ich auch auf deinen Vater, egal wie unsere Geschichte ausging. Ich weiß, dass das jetzt alles ein bisschen viel ist. Aber bitte lass es dir noch mal durch den Kopf gehen. Die Auserwählten erfüllen eine wichtige Aufgabe und sie haben einen hohen Stand in unserer Welt. Werfe es nicht weg, Rayil.*

In Liebe, dein Großvater.

PS: Das Amulett gehörte deinem Vater. Er hat es dir wohl nie erzählt, aber bevor er uns verließ, war er das jüngste Mitglied im Obersten Rat. Ich will, dass sie dir gehört."

Ich zog ein braunes Lederband mit einem Wolfszahn, auf dem ein Krähenfuß eingeritzt war, aus dem Umschlag. Tränen traten in meine Augen. Hatte sie wirklich meinem Vater gehört? Hatte mein Vater mir wirklich verschwiegen, dass er sich in einen Wolf verwandeln konnte, oder war das ein Trick meines Großvaters, mich zurück ins Reservat zu holen? Ich wollte nicht glauben, dass diese Legenden tatsächlich wahr werden konnten. Noch in derselben Nacht legten sich meine Zweifel. Ich würde auf keinen Fall zurück kehren.

Kapitel 9

Wolfsblut

Obwohl mich der Brief meines Großvaters noch mehr verwirrte, war ich erleichtert, dennoch endlich zu wissen, was ich wollte. Während ich in letzter Zeit tatsächlich mit dem Gedanken gespielt hatte, zurück zu gehen und zu versuchen, mich an die Traditionen der Crow zu gewöhnen, war ich jetzt sicher. Ich gehörte nicht in diese Welt. Ich fand mich damit ab, dass ich nie irgendwo ganz hingehören würde und lebte mein Leben so, wie es der Alltag im Heim und in der Schule von mir verlangte. Leicht fiel es mir nicht.

Der Grund dafür waren nicht etwa die Probleme mit Rick - die hatten sich schließlich erledigt - sondern einige, plötzliche Veränderungen, die mir seit meinem 16. Geburtstag zu schaffen machten. Ich schlief schlecht, träumte von dunklen Wäldern, von hohen Bäumen, deren Wipfel im Mondlicht schimmerten, von Krähen, die über mir flogen und von gelben Augen, deren Glanz mich blendete. Tagsüber war ich unkonzentriert, meine Hände zitterten fortwährend und selbst im heran nahenden Winter brauchte ich keine Jacke mehr. Ich schob das auf die Hormone, die mich langsam zur Frau werden ließen. Ich konnte nicht ahnen, wie falsch ich damit lag. Der Tag, der mein Leben für immer verändern sollte, kam vier Wochen nach meinem 16. Geburtstag.

Sarah war krank und aus diesem Grund machte ich meinen täglichen Abendspaziergang alleine. Ich lief ohne Hektik meine gewohnte Runde, verließ den tristen Hof des Kinderheimes durch den ergrauten Torbogen, ging durch die schmalen, stickigen Gassen bis ich endlich am Stadtrand ankam und tief einatmete, um meine Lungen von den

Abgasen der befahrenen Straßen zu befreien. Mein Weg führte wie immer durch den kleinen, aber besonders grünen Park mit dem klaren, schmalen Bachlauf, den Sarah und Ich zu unserer ganz persönlichen Ruhezone gemacht hatten.

Ich redete mir sofort ein, dass ich es mir nur einbildete, aber plötzlich überkam mich ein Gefühl, das mir ansatzweise vertraut war. Irgendetwas stimmte nicht. Doch diesmal war das keine vage Ahnung. Ich war mir sicher, dass etwas nicht stimmte. Das Gefühl, das ich kennen gelernt hatte, als Rick mir mit seinen Freunden auflauerte, kam mir in den Sinn. Doch das hier war viel stärker. Krähen flogen aus den Bäumen und ihre Laute klangen plötzlich tatsächlich wie Warnrufe. Instinktiv blieb ich stehen und sah mich um. Instinktiv wurde mein Atem ruhiger und ich spürte, wie sich mein Herzschlag senkte. Ich verstand die Welt nicht mehr.

Es müsste doch anders herum sein. Bei jedem normalen Mensch würde dieses Gefühl Panik auslösen, doch mein Körper weigerte sich Anzeichen von Schwäche zu zeigen. Ich konnte es nicht erklären, aber ich merkte, wie sich meine Sinne schärften. Wenn ich normalerweise unter einer Kurzsichtigkeit von -1,5 litt und eine Brille benötigte, sah ich jetzt durch das Glas verschwommen und als ich sie abnahm, erkannte ich die Strukturen und Formen meiner Umwelt haargenau.

Ich hörte den Verkehr der Hauptstraße, obwohl die mehr als einen Kilometer entfernt war. Die Rockmusik, die ich vernahm, hätte ich mitsingen können, so deutlich waren die Worte, obwohl weit und breit keine Musikanlage zu sehen war. Ich lief weiter und wunderte mich über die Leichtigkeit meiner Schritte. Dann hörte ich Stimmen. Ich folgte dem Geräusch und sah eine Gruppe von Menschen, die vor dem Stamm einer kräftigen Eiche einen Halbkreis bildeten. Diese Szenerie war mir inzwischen so bekannt, dass ich die Situation auf Anhieb erkannte. Bilder von dem Tag, an dem ich mich vor Sarah gestellt hatte, schossen mir in den Kopf.

Und obwohl ich mich damals wieder stärker gefühlt hatte, als zuvor, wurde mir jetzt erst deutlich, wie hilflos, wie schwach ich mir doch vorgekommen war. Von Unsicherheit war jetzt keine Spur mehr, keine Anzeichen von Angst. Was war nur los mit mir? Ich verstand es nicht. Ich konnte mir keinen Reim darauf machen. Auch als meine Hände begannen zu zittern und mir wärmer wurde, als es sowieso schon der Fall war, wusste ich nicht, was mit mir geschah. Noch nicht. Wie in Trance ging ich einige Schritte auf die Gruppe zu und einige traten zur Seite, um mich anzusehen. In ihrem Ausdruck lag eine Mischung aus Misstrauen und Aggression. Aber keiner schien amüsiert oder gleichgültig, wie ich es eigentlich erwartet hatte.

Sie waren älter als ich und einer hielt einen jungen Mann am Hemdkragen fest. Wut stieg in mir auf, meine Hände zitterten stärker und meine Augen ließen mich immer klarer sehen. Warum konnten sich manchen Menschen nur durch Gewalt ausdrücken? Ich hatte keine Zeit, mich lange damit auseinander zu setzen. Mein Körper zitterte immer stärker und ich konnte nichts dagegen tun. Ich fühlte, wie mich irgendetwas auf den Boden zwingen wollte. Mit aller Kraft kämpfte ich dagegen an, doch es wurde immer stärker. So konnte ich unmöglich hier bleiben. Ich befürchtete, dass ich ohnmächtig werden würde. Dann könnte ich niemandem mehr helfen. Obwohl es mich unendliche Anstrengung kostete, hievte ich meinen außer Kontrolle geratenen Körper hinter die nächste Hecke. Die Beine knickten unter mir weg und die eben noch so glasklaren Bilder verschwammen zu einem Farbenmeer. Es kam mir vor wie der Bruchteil einer Sekunde, bis ich die Augen wieder öffnen konnte und der Schwindel nachließ.

Doch das, was ich sah, ließ mein Herz für kurze Zeit aussetzen. Wie konnte das sein? Träumte ich etwa? Ich blickte auf meine Hand, doch anstatt rotbrauner Haut und schmalen Fingern, war da dunkelgraues, dichtes Fell und lange, messerscharfe Krallen. Alles wie in alten Filmen in Schwarz-Weiß. Ich ließ meinen Blick über den Rest meines Körpers schweifen, doch von dem vertrauen Anblick im Spiegel war absolut nichts übrig geblieben. Ich hatte Fell, meine Schultern gingen in kräftige Läufe über und als ich schwankend aufstehen wollte, stellte ich fest, dass ich auf zwei Beinen wohl kaum vorwärts kommen würde. War ich ohnmächtig geworden und träumte ich? Auf weichen Pfoten lief ich unsicher zum Bachlauf, der hinter der Hecke verlief und sah wie in Zeitlupe auf das glänzende Wasser.

Mein Spiegelbild ließ mich erneut zusammenfahren. Stechend gelbe Augen starrten mich an. Ich taumelte zurück. Konnte das die Realität sein? Mein Kopf verneinte, mein Herz war anderer Meinung. Ich war ein Wolf. Ich hatte mich tatsächlich in einen Wolf verwandelt. Das würde zumindest erklären, warum ich mich in letzter Zeit so verändert hatte. Meine Augen zeigten mir Details, die jedem Menschen ohne Hilfe von Geräten immer verborgen bleiben würden, meine Ohren lieferten Informationen, die aus solcher Entfernung nie hätte hören können und mein Herz schlug ein anderes Tempo. Nicht nur physisch. Das beißende Gefühl von Schwäche und Hilflosigkeit war verschwunden. Dennoch konnte ich absolut nicht mit der neuen Situation umgehen.

Es blieb der Zweifel, dass ich das überhaupt real erlebte. Ich war so verzweifelt, dass meine menschliche Feigheit das Gefühl von Stärke überlagerte und ich nicht anders konnte, als davon zu laufen. Die Schreie des Jungen, der da im schwächer werdenden Sonnenlicht gequält wurde, brannten in meinen Ohren. Jede Faser meines Körpers drängte zurück, wollte die Leute von ihm wegzerren, die ihm das antaten, doch mein Kopf war stärker. Er jagte mich fort. Ich durchquerte den Park, rannte durch die dunklen Straßen, verließ die Stadt, bis ich mich im schützenden Dämmerlicht des Waldes wiederfand und feststellte, dass mich dieser weite Weg kaum erschöpft hatte.

Ob ich es nun wollte oder nicht. Ich war ein Wolf und das mit jedem Millimeter meines Körpers. Mein Herz schlug in der Brust des Wolfes, doch mein Kopf blieb Mensch und damit blieb die Verzweiflung darüber, dass gerade etwas geschehen war, was ich niemals für möglich gehalten hätte. Ich wusste nicht mehr, wie lange ich gerannt war, wie weit meine Pfoten mich getragen hatten, bis ich mich in einer zugewucherten Vertiefung nieder ließ und mir wünschte, es sei alles anders. Nach fünf Tagen - ohne dass ich mich von der Stelle gerührt hatte - hatte ich die Wahl: Leben oder Tod. Wenn ich jetzt liegen blieb, würde ich zweifellos verdursten. Aber was wäre daran schon so schlimm? Es wäre mit Sicherheit einfacher, als mein Leben. Doch dann dachte ich an Sarah, die im Heim auf mich wartete und an Jicat. "Wirf es nicht weg!" hatte er in seinem Brief geschrieben. Für ihn war es eine große Ehre, auserwählt zu sein. Dann dachte ich an meinen Vater, der die Vorstellung, dass ich zur Wölfin werden könnte, nicht ertragen hatte.

Er hatte Angst. Angst, dass seine einzige Tochter an der Verantwortung des Paktes zwischen den Weißen und den Absarokee zu Grunde ging. Doch was eigentlich war an diesem Pakt so schlecht? Ich hatte mir gewünscht, anderen helfen zu können. Verhindern zu können, dass sinnlose Gewalt unsere Welt beherrschte. Dieser Gedanke reichte zwar dazu aus, mich aufzurichten und Wasser zu suchen, aber dennoch konnte ich mich noch nicht damit abfinden, dass das tatsächlich mein zukünftiges Leben sein sollte. Ich kam wieder einigermaßen zu Kräften, doch anstatt zurück zu gehen und jemanden aus dem Reservat um Rat zu fragen, lief ich weiter und weiter und weiter...

November

Dezember

Januar

Februar

März

Kapitel 10

Feinde?

Was genau ich in diesen fünf Monaten getan habe, kann ich nicht sagen. Fest steht, dass ich mich nach einer Woche in der Identität als Wolf zurück verwandelte und kurze Zeit später lernte die Verwandlungen zu kontrollieren. Dennoch - ich brauchte Zeit für mich und durchquerte dabei vermutlich die Wälder ganz Nordamerikas. Ich lebte größtenteils im Körper des Wolfes, weil das draußen in der Natur einfacher war. Ich lernte wie ein Raubtier zu jagen und schon bald wurden die Wälder zu meinem Zuhause und der Mond zu meinem ständigen Begleiter und einzigen Trost.

Die ersten Blüten lugten zaghaft aus der Erde, als meine Einsamkeit ein abruptes Ende fand. Ich hatte seit mehr als sechs Wochen nicht mehr richtig gefressen, mich lediglich von Mäusen und kleinerem Getier ernährt. Mein Körper rächte sich für den Entzug. Ich wurde zusehends schwächer und jede Bewegung schmerzte in meinen Muskeln. Ich konnte es erst kaum fassen, als ich nur wenige hundert Meter von mir entfernt, einen gut genährten Hirsch ausmachte. Es war mir bewusst, dass ich in dieser Verfassung kaum in der Lage war, das Tier zu erlegen, aber mein Herz sagte mir seit einiger Zeit nur noch eines: Kämpfe! Und so kämpfte ich.

Mit letzter Kraft die ich aufbringen konnte, warf ich mich auf das ahnungslose Lebewesen und riss es zu Boden. Meine scharfen Zähne gruben sich in die ungeschützte Kehle und ich genoss das warme Blut, das sich in meinem Maul ausbreitete und den Geschmack des frischen Fleisches. Ich hatte nicht viel Zeit, um das Mahl zu genießen, denn wenig später hörte ich Schritte. Definitiv kein Mensch. Viel zu sanft und lautlos. Dann wehte der Wind in meine Richtung und ich erkannte Wölfe, jedoch gemischt mit einem mir zwar vertrauten, aber dennoch unidentifizierbaren Geruch. Ich hatte bereits gegen Wölfe um eine Mahlzeit gekämpft. Ich würde es wieder tun, schließlich war ich den Tieren zwar zahlenmäßig, aber nicht taktisch unterlegen. Dafür sorgte mein menschliches Gehirn.

Es dauerte nicht lange bis fünf Wölfe aus dem Dickicht schlichen und bei meinem Anblick zur Unbeweglichkeit erstarrten. "Mit der werden wir locker fertig. Sie ist alleine." hörte ich plötzlich eine Stimme. Ich konnte es überhaupt nicht einordnen, aber ich schob es darauf, dass sich Menschen in der Nähe unterhielten. "Kein Thema, die hat nicht den Hauch einer Chance!" ging es weiter. Ein schwarzer Wolf mit einem weißen Abzeichen auf der Brust machte einen Schritt auf mich zu. Die anderen folgten. Ich fletschte die meine Zähne und zeigte somit, dass ich nicht waffenlos war und ein tiefes Knurren entfuhr meiner Kehle.

Ich würde dieses Fleisch bis aufs Äußerste verteidigen. So viel war sicher. Es war meine Überlebensversicherung. Die Wölfe schienen meine Drohung nicht ernst zu nehmen, denn sie kamen weiter auf mich zu. "Die werden sich noch wundern." dachte ich mir und machte mich zum Angriff bereit. Ich kam nicht dazu, denn ein Wolf, der sich vorher unbemerkt von der Gruppe getrennt hatte, sprang mich von hinten an und schlug die Zähen in die Sehnen oberhalb meiner Schultern. Erschrocken jaulte ich auf. Das war mehr als ungewöhnlich für ein Rudel Wölfe. Die Anderen begannen damit, sich an meiner Beute zu schaffen machte. Die Wut schenkte mir neue Kräfte und ich riss mich los um auf meine "Artgenossen" loszugehen. Ich kam nicht weit. Als zwei von beiden Seiten in meine Hinterläufe bissen, hatte ich keine Möglichkeit mehr irgendetwas zu unternehmen.

Aber ich kämpfte. Was blieb mir auch anderes übrig. So schnell würde ich keine Beute dieser Größenordnung mehr finden und ich brauchte diese Mahlzeit dringend. Viel dringender als die anderen Wölfe. Sie waren sichtlich besser statuiert, als ich. Der Ausdruck "bis aufs Blut kämpfen" nahm für mich Gestalt an. Ich hatte brennende Bisswunden am ganzen Körper, als mich der schwarze Wolf nach einer Ewigkeit auf den Rücken warf und die Pfoten gegen meine Brust stemmte, damit ich nicht wieder aufspringen könnte. "Meine Güte, die war aber hartnäckig. Völlig ungewöhnlich!" hörte ich eine Stimme.

Ich wusste nicht, wo sie her kam, aber inzwischen war es mir egal. Ich wartete nur noch darauf, dass mir der Wolf den Gnadenstoß versetzte. Erlegt von einem Tier... ich, der Mensch in Wolfsgestalt. Das war also das Ende? Ich sah in die leuchtenden Augen des pechschwarzen Wolfes und die Erkenntnis, die mir kam, nahm mir die Luft. Warum war mir das nicht vorher aufgefallen? Ich konnte es noch nicht zuordnen, aber diese Augen... sie kamen mir so bekannt vor.

Ob ich nun damit etwas erreichte oder nicht, ich verwandelte mich zurück. Vielleicht würde mich ein Tier vor Überraschung, tatsächlich liegen lassen. Aber vielleicht war das hier kein Tier... Als ich wieder Mensch war und die Krallen des Wolfes stärker schmerzten, als zuvor, bekam ich erst gar nicht richtig mit, was sich in dem Ausdruck meines Feindes tat. Bis er abrupt von mir abließ und einige Schritte zurück ging. Ich wischte mir das Blut aus dem Gesicht und setzte mich auf. Jeder Knochen tat weh. Wenigstens war es vorbei. Wenn sie jetzt einfach verschwinden würden, hätte ich sogar noch Vorrat für die nächste Zeit. Doch eigentlich wollte ich nicht, dass sie verschwanden, denn die Augen des Wolfes hatten in mir etwas wach gerufen. Erinnerungen an Zeiten, in denen alles besser war. Und dann bestätigte sich das Gefühl, dass ich diesen Ausdruck kannte, innerhalb eines einzigen Augenblicks.

Der Wolf richtete sich auf, verlor seine Umrisse und wurde in einem Atemzug zum Mensch. Vor mir stand ein großer, kräftiger, junger Mann mit rehbraunen, sanften Augen und verzottelten, pechschwarzen Haaren, die ihm ungezähmt in die Stirn fielen. Ich hatte mit meinen Krallen eine lange Kratzwunde auf seiner Brust hinterlassen und jetzt tat es mir leid, dass ich überhaupt gegen ihn kämpfen konnte. Und das obwohl ich wesentlich mehr abbekommen hatte. Ich sah in die fassungslosen Augen meines ehemaligen, besten Freundes. Der schwarze Wolf mit den warmen Augen war Yumal. Und mit einem Mal wurde alles so klar, wie noch nie. Ich war Auserwählte und dazu musste ich stehen.

Ich würde diese Aufgabe leben und das Beste daraus machen. An diesem Pakt war nichts Schlechtes und vor allem - er war echt. Die Wölfe, die mich aus Unwissenheit verletzt hatten, waren keine Feinde. Es waren meine Brüder und

Schwestern aus dem Reservat. Crow-Indianer, andere Auserwählte. Sie waren Freunde und ich hatte ab sofort wieder eine Familie.

Kapitel 11

Rückkehr

Plötzlich. „Das ist jetzt nicht wahr...!", sagte Yumal nur. Mit aller Kraft kämpfte ich gegen die Tränen der Erleichterung. Ich hatte Freunde, die mein Schicksal teilten. Die Frage war nur, ob sie genauso froh darüber waren. Yumal hatte unseren Streit mit Sicherheit nicht vergessen. "Ich bin so froh euch zu sehen ..." brachte ich gerade so hervor. Die anderen vier hatten sich ebenfalls zurück verwandelt.

Ich kannte niemanden von ihnen näher, aber ich wusste, dass sie ebenfalls im Reservat wohnten. "Bist also doch nicht drum rum gekommen, was? Was ist jetzt mit unseren blöden Märchen?" Ich hörte, dass er sich bemühte, seine Stimme ruhig zu halten. "Du wirfst mir das immer noch vor!?" sagte ich trocken. "Du hättest uns vertrauen können, stattdessen hast du uns behandelt wie Verrückte." Ich fand, dass er übertrieb, aber teilweise hatte er auch Recht. "Ich habe euch nicht für verrückt gehalten. Ich hatte einfach andere Sorgen." Er schüttelte enttäuscht den Kopf. "Du kannst noch nicht mal jetzt dazu stehen, dass dein Blickfeld einfach nicht weit genug gereicht hat.

Dass du zu feige warst, deine Herkunft und die damit verbundene Verantwortung anzunehmen." Ich drehte den Kopf weg, damit er nicht sehen konnte, wie weh er mir tat. Seine Worte schmerzten mehr, als seine Krallen. Aber er konnte mich damit nur deshalb verletzen, weil ich wusste, dass jedes Wort stimmte. Ja, ich war feige gewesen und ja, ich war einfach weggelaufen. Eine Träne rann über meine Wange. Yumal kam zu mir und kniete sich vor mich. Er sah mich einen Moment schweigend an. "Es tut mir Leid. Ich hätte dich nicht so anfahren sollen." Als ich ihm in die Augen sah, erkannte ich den Yumal wieder, den ich so lange vermisst hatte. Sanftmütig und zurückhaltend lächelte er mich an. "Du hast ja Recht..." flüsterte ich."

Das spielt jetzt keine Rolle mehr. Du bist jetzt eine von uns und ich hoffe, du kommst damit zurecht." gab er leise zurück. "Ja, jetzt komme ich auf jeden Fall damit zurecht." Ich ließ meinen Blick durch die Gruppe schweifen. Ein Mädchen, das vielleicht etwas älter war, als ich und drei weitere Jungs. Es ging ihnen allen genauso wie mir. Nur dass sie sich von Anfang an, damit abfinden konnten. "Ich hab mich schon gewundert, dass du so hartnäckig und so geschickt warst. Ein echter Wolf hätte nie so gekämpft." sagte das Mädchen. "Ich bin übrigens Chumani. Willkommen in unserer Runde." stellte sie sich anschließend vor.

"Habe ich eben eure Stimmen gehört?" fragte ich, als mir das Gespräch in den Sinn kam, das ich so gar nicht zuordnen konnte. "Wahrscheinlich. Wir können uns auch in Wolfsgestalt verständigen. Ach so, ich habe mich gar nicht vorgestellt. Mein Name ist Adahy und das ist mein Bruder Akecheta." Der zierlichste Junge aus der Gruppe deutete auf seinen Nebenmann, der ihm zwar ähnlich sah, aber doppelt so breit war. Ich erwartete die Aussage von dem letzten, mir unbekannten Mitglied der Auserwählten. Der unscheinbare Junge mit den pechschwarzen Augen schwieg.

"Das ist Chogan. Er ist stumm, er kann sich nur mit uns unterhalten, wenn wir Wölfe sind." erklärte mir Yumal. "Schön euch kennen zu lernen." sagte ich etwas kleinlaut. Inzwischen war es mir richtig unangenehm, dass ich mich so dagegen gesträubt hatte, die Tatsache anzuerkennen. Yumal legte eine Hand auf meine Schulter. "Meinst du, wir können das Kriegsbeil begraben?" Er lächelte über das Sprichwort, dass außerhalb der von Nichtindianern besiedelten Gebiete, eigentlich nicht angewandt wurde. "Da fragst du noch?" Reflexartig fiel ich ihm um den Hals, wobei sich meine schmerzenden Rippen unangenehm bemerkbar machten. Yumal schien meinen veränderten Gesichtsausdruck registriert zu haben.

"Komm mit, wir lassen das behandeln. Wir haben dich ja ganz schön zugerichtet." Verwirrt sah ich ihn an. "Wo willst du das denn behandeln lassen?" Ein Crow-Indianer würde niemals zu einem Arzt gehen. Das widersprach unseren Regeln. "Na im Reservat, was denkst du denn?" Fassungslos sah ich mich um. Yumal brach in schallendes Gelächter aus und die Anderen stimmten ein. "Du weißt nicht, dass wir gerade mal fünfzehn Minuten Fußmarsch vom Reservat entfernt sind, oder!?" Mir blieb buchstäblich der Mund offen stehen.

War ich während meiner fast halbjährigen Wanderung tatsächlich unbewusst zum Reservat zurück gekehrt? Ich hatte überhaupt nicht darauf geachtet, wo ich hin lief, nur darauf, *dass* ich lief. Mein Blick streifte die dunkelgrünen, gigantischen Tannen, den mit samtenem Moos bedeckten Boden und die in der Windstille völlig reglosen Farnblätter. Erneut trieb mir eine Welle der Erleichterung Tränen in die Augen. Ich war zuhause. Zumindest fast.

"Kommst du mit uns, Rayil. Jicat wird Purzelbäume schlagen vor Freunde, wenn er dich wieder sieht." fragte Yumal und nahm mich bei der Hand. "Ich glaube, ich bin endgültig bereit dafür. Ja, ich komme mit." gab ich zurück und atmete tief durch. "Ich glaube nicht, dass du bereit dafür bist... ich weiß es!" Wir liefen tatsächlich nicht länger als fünfzehn Minuten. Mein Herz schlug ein paar Takte schneller, als wir vor dem großen, hölzernen Torbogen standen, der das Reservatsforum von dem Grenzgebiet trennte.

Selbst wenn ich es mir lange nicht eingestehen konnte: die Sehnsucht nach meinem Großvater und dem Reservat hatte mich innerlich aufgefressen. Jetzt, wo auch die restlichen Zweifel in Bezug auf die Legenden wie weggefegt waren, blieb nur noch die Freude auf ein Wiedersehen mit Jicat. Er saß vor unserer Hütte, den Kopf zum Himmel gerichtet, die Augen geschlossen. Als er unsere Schritte hörte, die trotz menschlicher Gestalt wesentlich leiser waren, als die von Anderen, öffnete er die Augen und sah uns an. Für einen Moment regte sich in seinem Gesicht gar nichts. Dann schien er zu realisieren, was er sah. Seine müde wirkenden Augen wurden größer, sein Mund verzog sich zu einem breiten Lächeln.

Mit einer Dynamik, die man diesem alten Mann gar nicht zugetraut hätte, sprang er auf und lief auf mich zu. Mit tränennassen Augen schloss er mich in seine Arme. "Rayil!" rief er und erdrückte mich fast. "Es tut mir so leid, Großvater." flüsterte ich. Er schob mich sanft von sich weg, um mir in die Augen sehen zu können. "Ich hatte solche Angst um dich. Ich wusste, was passiert sein musste, als sie mich anriefen und mir sagten, du seist nach einem Ausflug nicht ins Heim zurück gekehrt, aber ich hatte die Hoffnung schon verloren, dass du hier Zuflucht suchen würdest."

Er berührte vorsichtig die Kratzwunde auf meiner Wange. "Was ist überhaupt mit dir passiert?" Ich schüttelte langsam den Kopf. War das alles wirklich eine Reihe ungewöhnlicher Zufälle oder war mein Leben wirklich vorbestimmt? Ich verstand es immer noch nicht. "Vielleicht habe ich dieses Wachrütteln gebraucht, um zu verstehen, dass ich nicht für immer in die endlosen Wälder Nordamerikas gehöre." Ich sah zu Yumal und den anderen Wölfen, die mich aufmunternd anlächelten. "Ihr habt sie gefunden?" wandte sich Jicat an meinen ehemaligen und wieder gewonnenen, besten Freund."

Ja, als Wolf. Aber ob man das als Finden bezeichnen kann, ist fraglich. Wir dachten, sie sei ein richtiger Wolf und das dachte sie wohl auch von uns. Deshalb sind wir erst mal aneinander geraten." berichtete er und jetzt sah er auch so aus, als würde er das Ganze bedauern. Ich war inzwischen darüber hinweg. Immerhin hätte ich sie ohne diesen Zwischenfall vermutlich nie gefunden und wäre weiter im Nirgendwo herum geirrt. "Ich bin jedenfalls sehr glücklich darüber, dass du doch noch deinen Weg gefunden hast."

Jicat nahm mich noch einmal in den Arm und sah mich dann voller Stolz an. "Ich wusste, dass du dazu gehören würdest. Dein Vater hat die Gabe an dich weitergegeben." Der Gedanke an meinen Vater versetzte mir zum ersten Mal keinen schmerzhaften Stich. Seit ich seine Kette um den Hals trug, fühlte ich mich auf seltsame Art und Weise mit ihm verbunden und dadurch wiederum auch mit meiner Mutter, seiner großen Liebe. "Dein Vater wollte zwar nicht, dass du auserwählt bist, aber ich denke, er hätte seinen Standpunkt noch mal überdacht, wenn er Zeit dazu gehabt hätte. Er ist ganz sicher auch sehr stolz auf dich." Ich erhielt in den darauf folgenden Nächten eine Erklärung darauf, warum der Tod meiner Eltern plötzlich nicht mehr so sehr schmerzte, wie zuvor. Sie erschienen in meinen Träumen und die Erinnerungen an sie waren so deutlich wie nie.

Sie konnten sich mit mir unterhielten, mir Ratschläge geben und ich fühlte ihre Berührungen. Jetzt verstand ich, was Jicat gemeint hatte, als er mir sagte, dass wir den Verstorbenen viel näher waren, wenn wir sie in unseren Herzen und nicht auf unserer Zunge trugen.

Kapitel 12

Auferstanden

Ein paar Tage, nachdem ich ins Reservat zurück gekehrt war, war ich auch bereit, Sarah wieder zu sehen. Sie hatte mir so gefehlt. Ihr unbekümmertes Lachen, ihr immer offenes Ohr, ihre Herzlichkeit. Ich hatte mit Jicat und den anderen Wölfen vereinbart, dass sie zu den wenigen Nichtindianern gehören würde, die von unserer Gabe wussten. Ich war so gespannt darauf, wie sie reagieren würde.

Aber noch stärker war das Verlangen, sie einfach wieder in die Arme schließen zu können. Es waren keine leeren Worte, wenn ich sagte, dass sie meine Schwester war. Eigentlich war sie sogar viel mehr. Sie hatte mir in der schwersten Zeit meines Lebens zur Seite gestanden und mich nie enttäuscht. Ich hasste mich dafür, dass ich sie einfach und ohne ein Wort allein gelassen hatte. Die Heimleiter waren vermutlich davon ausgegangen, dass ich abgehauen oder verunglückt war und derselben Annahme war sicher auch Sarah. Es würde nicht einfach werden, sie aufzuklären.

Mit schweißnassen Händen stand ich vor dem alten Backsteingebäude unter dem tristen Torbogen und wartete darauf, dass es zur Pause schellte. Nach dem Glockenläuten folgte nach einer ersten Traube von Schülern lange nichts. Dann kam eine einsame, junge Frau die Stufen hinunter. Ich hätte sie fast nicht erkannt. Ihr ehemals kinnlanges, honigblondes Haar reichte mittlerweile bis weit über die Schultern und hatte jeglichen Glanz verloren. Ihre Wangen, die früher grundsätzlich immer gerötet waren, konkurrierten mit dem Weiß der Schneeglöckchen im spärlichen Hofgarten. Die strahlenden Augen meiner Erinnerung blickten zu

Boden ohne etwas zu sehen, farblos. Ihre zierlichen Schultern waren ohne jede Anspannung, die Hände in den Hosentaschen vergraben. Es war inzwischen auch für Nichtwölfe ziemlich warm geworden, aber Sarah trug eine lange Hose und meine dicke, bunte Strickjacke, die ich - wie alle anderen Sachen - zurück gelassen hatte.

Jetzt wurde mir die Schwere meiner Schuld erst richtig bewusst. Ich hatte gewusst, dass sie Niemanden hatte außer mir. Dass ich ihre einzige Bezugsperson war, so wie sie meine und trotzdem war ich einfach gegangen. Zum zweiten Mal in meinem Leben einfach davon gelaufen, Tunnelblick, Hauptsache weg. Ich folgte mit dem Blick einem Jungen, der auf sie zu ging. Ich glaubte, ihn als Freund von Rick zu erkennen. Als er sie anrempelte und anfing zu lachen, als sie stolperte und sich gerade noch so fing, begannen meine Hände zu zittern. Ich kannte diese Reaktion meines Körpers inzwischen gut genug, um zu wissen, dass ich zum Wolf werden würde, wenn ich nicht mit aller Macht dagegen ankämpfte.

War es ein Wink des Schicksals, dass sich unsere Wege wiedertrafen, wie sie sich gefunden hatten oder purer Zufall? Ich brauchte einige Sekunden, um meinen Körper wieder unter Kontrolle zu bringen, dann überquerte ich mit sicheren Schritten den Hof und blieb vor Ricks Freund stehen. Aus den Augenwinkeln erkannte ich Sarahs erschrockenen und ungläubigen Gesichtsausdruck.

"Wenn du sie noch einmal anfasst, wirst du das lange Zeit bereuen, also verschwinde!" zischte ich und meine Stimme erinnerte mich an das Knurren aus der Kehle der Wölfin, zu der ich werden konnte. "Ich glaub es ja nicht. Rayil, bist du das?" Er sah mich irritiert an. "Du kennst mich noch ..." stellte ich mit Genugtuung fest, auch wenn ich mir dachte, dass ich nicht mehr die Rayil war, die er kennen gelernt hatte. "Deine Freundin ist ganz neben der Spur, seitdem du uns verlassen hast."

Er deutete auf Sarah, die mich mit Tränen überströmtes Gesicht anstarrte. "Noch ein Wort über sie und..." drohte ich. Er packte mich am Hals und drückte zu. "Und was?" stichelte er. Ich griff sein Handgelenk und schob ihn mühelos von mir weg. Er konnte nicht ahnen, wie sehr ich mich verändert hatte. "Okay, okay ... was ist denn mit dir los?" fragte er, erwartete aber keine Antwort, denn er verzog sich mürrisch. Endlich konnte ich meine ganze Aufmerksamkeit Sarah schenken, die am ganzen Körper zitternd dastand und scheinbar Mühe hatte, sich auf den Beinen zu halten. "Ich habe gedacht, du wärst tot." Ich ging einen Schritt auf sie zu, aber sie wich mir aus. "Das war ich auch... sehr lange Zeit sogar, aber jetzt bin ich wieder auferstanden." antwortete ich leise und hielt ihr meine Hand hin.

"Es tut mir schrecklich leid. Ich werde mir nie verzeihen, dass ich dich hier allein gelassen habe. Bitte, lass es mich erklären!" Sie zögerte eine Zeit lang, ergriff aber schließlich meine Hand und ich führte sie über den Hof, durch die Stadt bis zum Park, den wir als Rückzugsort auserkoren hatten. Ich setzte mich unter der Eiche auf die Holzbank und bedeutete Sarah, sich neben mir nieder zu lassen. "Ich hatte mich schon damit abgefunden, dass ich dich nie wieder sehen würde." sagte sie mit brüchiger Stimme. "Und jetzt stehst du plötzlich vor mir... wo warst du bloß?" Ich ließ die Luft aus meinen Lungen entweichen und bereitete mich auf die Geschichte vor, die ich so lange für ein Märchen gehalten hatte und die zur Realität geworden war.

Mit großen Augen starrte sie mich an. Sie hatte an die Legenden geglaubt, sie hatte versucht, mich davon zu überzeugen, dass sie zu meiner Wahrheit werden könnten und jetzt schien sie mit der Situation völlig überfordert. "Du bist eine Wölfin?" fragte sie und es hörte sich an, als habe sie Mühe das überhaupt auszusprechen. "Ja, ich bin auserwählt und auch wenn ich lange dagegen anzukämpfen versucht habe, ist es Realität geworden. Ich kann mich in einen Wolf verwandeln."

Sie schwieg einen Augenblick, dann schluckte sie schwer. "Kannst du... kannst du es mir zeigen?" fragte sie vorsichtig. "Wenn du versprichst, dass du das, was du gleich sehen wirst, für dich behältst, ja." Sie schürzte die Lippen. "*Ich* halte meine Versprechen." Ich wusste, dass sie auf das Versprechen anspielte, dass wir uns gegeben hatten, ein paar Monate nachdem wir uns kennen gelernt hatten. Wir bleiben für immer zusammen und wenn wir uns dennoch trennen sollten, bleiben wir in Kontakt. Ich war Diejenige, die dieses Versprechen gebrochen hatte.

"Es tut mir leid." wiederholte ich. Sarah atmete einmal tief durch, dann zeigte sich der Hauch eines Lächelns auf ihren Lippen. Wie hatte ich das vermisst. "Jetzt bist du ja hier. Bitte enttäusch mich nicht noch mal. Das überlebe ich nicht! Ich habe doch nur dich!" Vorsichtig strich ich über ihre Haa-

re. "Ich weiß. Ab sofort bin ich wieder für dich da."
Ihr Lächeln verstärkte sich. "Meine Güte, du hast
mir so gefehlt" Ich nickte. "Ja, du mir auch." Sie
wischte sich eine einsame Träne von der Wange
und sah mich herausfordernd an. "Na los, Wölfin.
Dann zeig mal, was du drauf hast."

Kapitel 13

Indianerkind

Es war inzwischen zu absoluter Gewohnheitssache geworden, mich in einen Wolf zu verwandeln. Und dennoch fiel es mir diesmal alles andere als leicht. Ich hatte es noch nie irgendjemandem vorführen müssen. Natürlich hatten Jicat und die restlichen Wölfe bereits gesehen, wie ich mich verwandelte, aber das war für mich selbstverständlich.

Bei Sarah war das anders. Sie hatte mich in Gestalt eines Menschen kennen und lieben gelernt. Ich war nicht sicher, ob sie es schaffen würde, damit umzugehen, dass ich zu einem Lebewesen mit vier Pfoten und messerscharfen Reißzähnen werden konnte. Ich schloss die Augen und versuchte mich zu konzentrieren. Dank fehlender Konzentrationsfähigkeit etwas schleppender als sonst verwandelte ich mich und stand schließlich in Gestalt der Wölfin mit dem silbergrauen Fell vor Sarah. Ich verzog die Schnauze zu einer Geste, die für Menschen aussehen musste, wie ein Lächeln und wedelte mit dem Schwanz. Sarah hingegen wich jegliche Farbe aus dem Gesicht.

Wenn sie vorher blass war, dann war sie jetzt leichenblass. Ihre ganze Haltung erstarrte. Ich hatte gewusst, dass es ein Schock für sie sein würde, aber ich hatte ernsthaft Bedenken, dass sie umkippen könnte. Ganz langsam machte ich einen Schritt auf sie zu. Anscheinend noch zu schnell, denn sie wich zurück und schlug die Hand vor den Mund. Immerhin war sie vorbereitet gewesen.

Ich wollte gar nicht wissen, was passierte, wenn ein Mensch unsere Verwandlung ohne Vorwarnung miterlebte. Ich machte einen weiteren Schritt auf sie zu und setzte mich Zentimeter vor ihr auf den Boden. Ich versuchte möglichst ungefährlich zu wirken und schloss die Lefzen, um meine Waffen zu verbergen. Mit einem Ausdruck, den Tierfreunde wohl als Hundeblick bezeichnen würden, sah ich sie mit meinen goldgelben Augen an und legte den Kopf schief. Ich bemerkte, dass Leben in ihren Ausdruck zurück kehrte. Ihre Mimik wurde sanfter und sie nahm die Hand vom Mund. Wie in Zeitlupe kniete sie sich vor mich und streckte einen zitternden Arm nach mir aus. Ich neigte meinen Kopf in ihre Richtung, um ihr zu bedeuten, dass sie mich ruhig anfassen konnte.

Das tat sie dann auch. Völlig perplex strich sie über mein weiches Fell. "Rayil? Bist das wirklich du?" Ihre Stimme war nicht mehr als ein Flüstern. Zur Antwort legte ich meinen Kopf in ihren Schoß. Endlich zeigte sich ein Lächeln auf ihren Lippen. Sie schien den ersten Schreck überwunden zu haben. "Wow. Ich kann's gar nicht glauben!" Sie musterte mich von oben bis unten. "Du bist ja richtig süß!" war ihr Urteil. Das konnte ich mit dem Herz eines Raubtieres natürlich nicht so stehen lassen. Ich ging ein paar Schritte von ihr weg, bleckte die Zähne und knurrte aus voller Kehle. Sie zuckte kurz zusammen, fing sich aber sofort wieder und begann lauthals zu lachen. Ich hatte meine Seelenverwandte zurück. "Ja, ja... schon gut. Ich nehme es zurück!" "Na das will ich doch hoffen!" antwortete ich, nachdem ich mich wieder in einen Mensch verwandelt hatte.

Es dauerte keine drei Wochen und Jicat hatte mit der Heimleitung arrangiert, dass Sarah zu uns ins Reservat ziehen durfte. Ihr Kindheitstraum ging in Erfüllung. Sie lebte mit Indianern zusammen und wurde zur menschlichen Verbündeten der Wölfe und zur geschickten Vermittlerin zwischen Mensch und Wolf.

Nach meiner Rückkehr trat ich ein zweites Mal ohne die anderen Wölfe einer Gruppe Menschen gegenüber, die jemanden erpressten. Doch diesmal lief ich nicht davon. Ich hatte aufgehört, davon zu laufen. Mit gefletschten Zähnen und laut knurrend verjagte ich die Übeltäter und hoffte, dass sie endlich verstanden, was sie anrichteten. Zusammen mit den restlichen Auserwählten bewahrten wir in den folgenden Jahren tausende vor schlimmeren Verletzungen oder gar vor dem Tod. Einige vor den größten Fehlern ihres Lebens.

Ich hatte eingesehen, dass es an uns war, den Pakt einzuhalten und plötzlich bekam das Wort Indianerkind eine völlig neue Bedeutung für mich. Was ich früher als beleidigend empfand, macht mich heute stolz. Und noch eines: „Solltest du irgendwann mal einem Wolf über den Weg laufen, sei freundlich zu ihm. Es könnte dein Schutzengel sein..."

Anmerkungen des Autors:

Sandro Hübner meißelt in Berlin, in klaren Sätzen ein Denkmal und ist unverzichtbar für alle, die ihn bei Twentysix lesen, weiterempfehlen und auch kaufen werden.

Bisher erschienen:

Titel:	SAD SONG - Trauriges Lied -
Genre:	Kriminalroman
ISBN:	978-3-7407-3007-9

Titel:	Juliette und Taddei eine Liebe forever
Genre:	Liebesroman
ISBN:	978-3-7407-3030-7

Titel:	Rückkehr eines träumenden Delfins
Genre:	Roman
ISBN:	978-3-7407-3399-5

Titel:	Fesselnde Psycho-Horror- Geschichten
Genre:	Horror
ISBN:	978-3-7407-4455-7

Titel:	Spannende Thriller-Geschichten
Genre:	Thriller
ISBN:	978-3-7407-4636-0

Titel:	Doppelt stirbt sich besser, mit einem grauenvollen Biss
Genre:	Psychohorror
ISBN:	978-3-7407-4697-1

Titel:	TITANIC Ein Augenzeugenbericht von Helena F. Lang
Genre:	Roman
ISBN:	978-3-7407-5058-9

Titel:	Unheimliche Gruselgeschichten - Teil I -
Genre:	Gruselroman
ISBN:	978-3-7407-5067-1

Titel:	Unheimliche Gruselgeschichten - Teil II -
Genre:	Gruselroman
ISBN:	978-3-7407-5068-8

Titel:	Der Fitnesstrainer
Genre:	Roman
ISBN:	978-3-7407-5075-6

Titel:	Das Bett des Horroralptraums
Genre:	Horror
ISBN:	978-3-7407-5139-5

Titel:	Der verhängnisvolle Fehler aller Zeiten - Das Haus der Seelen
Genre:	Horror
ISBN:	978-3-7407-5317-7

Titel:	Spannende Abenteuerkurzge-schichten für Kinder
Genre:	Roman
ISBN:	978-3-7407-5415-0

Titel:	Roy Raperpotz im Land der Träume
Genre:	Roman
ISBN:	978-3-7407-1711-7

Titel:	Der grausame Helikopter des Horrors
Genre:	Horror
ISBN:	978-3-7407-2681-2

Titel:	Die Nacht des Horrors
Genre:	Horror
ISBN:	978-3-7407-4812-8

Titel:	Abenteuergeschichten für Kinder
Genre:	Roman
ISBN:	978-3-7407-6328-2

Titel:	Sommerliche Gaystories
Genre:	Roman
ISBN:	978-3-7407-5107-4

Titel:	Die Brücke zum Verrat
Genre:	Roman
ISBN:	978-3-7407-6639-9

Titel: Die Legende des Wolfs-
mädchens

Genre: Roman
ISBN: 978-3-7407-6589-7